世說新語選譯

劉義慶 著
柳士鎮
錢南秀 譯注

商務印書館

本書由江蘇鳳凰出版社
有限公司授權出版

世說新語選譯

作　　者：劉義慶
譯　　注：柳士鎮　錢南秀
責任編輯：甘麗華
封面設計：涂　慧
出　　版：商務印書館（香港）有限公司
香港筲箕灣耀興道三號東滙廣場八樓
http://www.commercialpress.com.hk
發　　行：香港聯合書刊物流有限公司
香港新界大埔汀麗路三十六號中華商務印刷大廈三字樓
印　　刷：永利印刷有限公司
黃竹坑道五十六至六十號怡華工業大廈三字樓
版　　次：二〇一八年七月第一版第一次印刷

ISBN 978 962 07 4578 2
Printed in Hong Kong

前言

一

魏晉時期，盛行玄學清談之風，「世之所尚，因有撰集，或者掇拾舊聞，或者記述近事，雖不過叢殘小語，而俱為人間言動」（魯迅《中國小說史略》）。這類撰集，現在基本亡佚了，只有一些片斷保存在各種類書和舊注中。幸而有《世説新語》這樣一部集大成的著作流傳下來，才使我們得以從中了解到魏晉清談之風的表現以及參與清談的魏晉名士的風貌。

《世説新語》，一般認為原稱《世説》，採用了漢代劉向用過的書名。唐以前的材料，包括《隋書・經籍志》、《南史・劉義慶傳》等均稱為《世説》。其後則《世説新書》與《世説新語》並稱。前者見於段成式《酉陽雜俎》唐寫本《世説新書》殘卷等，後者見於劉知幾《史通・雜説》。魯迅也認為此書原名《世説》，後人見它與劉向書同名，

「因增字以別之也」（《中國小說史略》）。至於通稱為《世說新語》，則不遲於宋代。兩宋之交的汪藻作《世說敍錄》，其中就曾提到「今以《世說新語》為正」。

這部書的作者，《南史》認為是劉義慶（見《劉義慶傳》），《隋志》、《兩唐志》均同此說，其後各種書目也據此著錄。劉義慶（403-444）彭城（今江蘇徐州）人，南朝宋武帝劉裕的姪子，襲封臨川王。他生當晉末宋初，其時正是清談結束時期，以他所處的時代與地位，編寫這樣一部集清談撰著之大成的書籍，是有條件的。然而與劉義慶年代十分接近的沈約，在《宋書》劉義慶本傳裏卻沒有提到這件事。魯迅認為：「《宋書》言義慶才詞不多，而招聚文學之士，遠近必至，則諸書或成於眾手，未可知也。」（《中國小說史略》）這一推測是否成立，尚有待於進一步探索。不過，無論這部書是成於眾手還是劉義慶個人所作，於它本身的價值都沒有多少影響，因為它是集合了那個特殊時代社會思潮的產物，不是某一個作家能夠憑空想像出來的。

二

《世說新語》是在選錄魏晉諸家史書以及郭澄之《郭子》、裴啟《語林》等文人筆記的基礎上編寫而成的。它收錄了由東漢末年至東晉末年共約二百年間的名士言行軼事一千一百三十餘條，其中魏晉，特別是東晉時期的內容佔主要部分。這部書是分門類編寫的，全書三十六門，按內容又可歸為四大部分：一是描寫魏晉名士的道德修養，包括《德行》、《方正》、《自新》、《賢媛》諸門；二是描寫魏晉士人的才能秉賦，包括《言語》、《政事》、《文學》、《捷悟》、《夙惠》、《術解》、《巧藝》諸門；三是描寫人物的情感個性，包括《雅量》、《豪爽》、《傷逝》、《任誕》、《簡傲》、《假譎》、《儉嗇》、《汰侈》、《忿狷》、《讒險》、《惑溺》諸門；四是描寫人物的日常生活以及人際關係等，包括《識鑒》、《賞譽》、《品藻》、《規箴》、《容止》、《企羨》、《棲逸》、《寵禮》、《排調》、《輕詆》、《黜免》、《尤悔》、《紕漏》、《仇隙》諸門。每一門類表現魏晉士人品質或生活的一個方面，各門綜合，便勾勒出魏晉一代士人的精神風貌。

《世說新語》各門類的內容，主要也就是魏晉清談的內容。清談，由東漢清議發展而來，二者都以人物品鑒為主；不過因為時代的不同，品鑒的標準、方法、目的也相應有所變化。

東漢以察舉（地方官吏向中央貢士）和徵辟（中央政府向地方徵士）的方法選拔官吏，主要依據是宗族鄉黨對被選人士的鑒定性評語。這便是最初的有意識的人物品鑒，當時稱為清議。品鑒的標準主要是儒家道德準則，品鑒方法是根據人物外貌判別人物品格高低的骨相之法。清議一般由大名士主持，出自大名士口中的一句評語，往往能決定士人的一生。如東漢後期的大名士李膺，後進之士如果能受到他的賞識，「皆以為登龍門」（見《德行》）。

東漢帝國崩潰以後，為了適應門閥士族創政時期對人才的急遽需要，曹操於漢獻帝建安年間提出「唯才是舉」的選舉原則，人物品鑒的標準因而由道德變為才能。同時，鑒於骨相之法的荒謬，名士們以玄學的「得意忘言」說來解決人物評鑒的難題，形成「以形求神」、「得意忘形」的考察方法。人物品鑒便由機械的骨相考察轉為對人物神明的認識。

與此同時，新建立的曹魏政權設立九品中正制，把家世作為選拔官吏的主要依據，人物品鑒的政治意義因而逐步削弱。人物品鑒的目的不再只是為政治統治提供官僚人選，而成為對於理想人格的探索與追求；品鑒的內容也不再限於道德或才能的單一考察，而成為對於人物的道德修養、個性才能、品貌舉止的全面評價。由於玄學的發展導源於對人物品鑒方法的探索①，又因為對人物才能的考察，必須涉及人物擅長的學術技藝，而魏晉士人往往沉溺於哲學研究與文藝創作，這樣，東漢士人的人物品鑒活動便演變成魏晉士人的包括哲學（主要是玄學，到東晉又加入了佛學）、美學、文藝學在內的大型學術討論，換言之，也即由東漢清議演變成魏晉清談。

至於參加清談活動的魏晉名士，則是當時門閥士族地主階級的代表人物。這個階級的形成，與漢武帝的獨尊儒術、以經學取士有關。漢代儒生以經學起家，謀取功名，並世代相傳，子繼父業。到了東漢中葉，累世公卿的名門望族相繼出現，他們是漢代最高文化的代表，政治上又擁有察舉官吏的大權，同時在東漢日益嚴重的土地兼併中建立起自己獨立的莊園經濟。當東漢帝國崩潰，腐朽的宦官、貴戚兩大集團在火拼中同歸於盡之時，門閥士族地主階級乘機而起，在帝國的廢墟上建立起新的士族地主政權。這個政權的基礎是門閥制度（九品中正制便是為鞏固這一制度

❶ 參閱湯用彤《魏晉玄學論稿》，人民出版社，1957 年版。

而設立的），它保障了門閥士族的世襲特權，但同時也導致了世家大族之間激烈的皇權爭奪，造成魏晉南北朝四百餘年分裂動亂的局面。

作為這個階級的代表人物，魏晉名士開始時是較有生氣的，他們有才幹，有抱負，幻想着「建永世之業，留金石之功」（曹植《與楊德祖書》）。然而，面對激烈的皇權爭奪，大多數人不得不選擇全身遠禍的生活道路，把他們的熱情與才智轉入哲學的沉思與文學藝術的創造；少數人則積極參與了篡權奪位的政治活動。這樣，在士族分子內部產生了分化。針對後者的虛偽殘忍、貪鄙無恥，前者提出人格上的自然真率來進行對抗，他們以此為原則指導着自己生活的各個方面，從而形成一種十分特殊的文人風貌，這就是廣為後人傳頌並仿效的魏晉風度。《世說新語》所描寫的，正是這樣一羣人物；所表現的，正是他們這種特殊的風度。

三

《世說新語》以描寫人物為主，它在藝術上的突出貢獻，也正表現在人物形象的塑造上。魏晉識鑒重視神明，魏晉士人以「得意忘言」說來解決人物識鑒的難題，形成了「以形求神」、「得意（神）忘形」的考察方法。因此，《世說新語》作為魏晉玄學清談、人物品鑒之風的產物，它在塑造人物形象的過程中，也必然要受到「重神」風氣的影響。如王戎評論王衍說，「太尉神姿高徹，如瑤林瓊樹，自然是風塵外物」（見《賞譽》），重視的是人物的精神。又如「顧長康畫人，或數年不點目精。人問其故，顧曰：『四體妍蚩，本無關於妙處，傳神寫照，正在阿堵中。』」（見《巧藝》）孟子時代已認為眼睛足以傳神，是可以表現人的襟懷、氣質的，塑造「傳神之形」，目精起着極為重要的作用。

《世說新語》的作者在用人物語言來塑造人物形象方面，進行了多方面的努力，以使人物語言能展現其內心世界。首先，作者努力做到語言形式的口語化，直接以當時的流行口語入書。這對於長期以來口語即與書面語異趨的中國語言文學來說，不啻為一意義重大的變革。由此形成的新的書面語形式的一個重要特點，就是大量使用了便於表達情態的詞語，例如：俱、有、欲、尚、都、故、本、自、正、固，等等。這在一定程度上是當時口語的實錄，保留了口語豐富的感情和語氣，使讀者較為直接地感受到人物的情感個性。

其次，作者努力做到語言內容的個性化，在描寫人物語言時，往往選取最能表現人物內心的「單辭隻行」。如權臣桓溫問殷浩：「卿何如我？」殷浩的一句回答「我與我周旋久，寧作我」（《品藻》），道盡了他自尊自傲的個性，以及他面對強手不甘示弱卻又不便過於激怒對方的複雜心情。名士劉惔與王濛別後相見，王曰：「卿更長進。」劉答：「此若天之自高耳。」（《言語》）寥寥數語，寫出了劉惔自負達於狂妄的個性以及他面對好友嬉謔無忌的神情。再如桓溫那一聲感歎：「既不能流芳後世，亦不足復遺臭萬載邪！」（《尤悔》）活脱地畫出了野心家無可奈何卻又不甘罷休的神情，揭示出他強烈騷動、寂寞難耐的內心。這類強烈個性化的語言，大都不過十餘字的篇幅，卻具有相當豐富的容量。它們可算得是人物語言中「最富於孕育性」的「那一頃刻」（萊辛《拉奥孔》），每一頃刻揭示出一個靈魂，無數個這樣的頃刻，便勾勒出魏晉一代名士的精神世界。

《世説新語》的語言在總體上還顯示了簡約玄淡的特點，這無疑是受到了老莊哲學的影響。魏晉時期，玄風大盛，名士清談往往包含着甚多的「機鋒」，特別講究含蓄而不外露，雋永而不淺俗，作者在實錄人物的對話，甚至在敍述人物的行動時，都處處注意體現出人物的「面目氣韻，恍然生動」（胡應麟《少室山房筆叢》），令人感到超俗深遠，回味無窮。這在《言語》、《賞譽》、《品藻》、《排調》等門類中有很典型的表現，讀者可以自己去體會。

除了人物語言，《世說新語》中還有大量的人物動態描寫。首先，同語言描寫一樣，作者十分注意通過個性化的人物動態的描寫來揭示人物的內心。如嵇康臨刑奏琴，表現了人物的傲對濁世；阮籍喪母食肉，表現了人物的鄙視禮法；郝隆七夕曬書，表現了人物的嘲弄富貴；王戎賣李鑽核、祖約傾身障財，勾勒出人物的貪鄙嘴臉。再如顧雍得子凶信，外表神氣不變，而「以爪掐掌，血流沾褥」，表現了人物悲不自抑卻又強自作達的心理（《雅量》）；王述食雞子不得，乃至以屐齒輾，「又不得，嗔甚，復於地取內口中，齧破，即吐之」（《忿狷》），表現了人物褊狹急躁的性格。

同時，作者在人物動態的描寫中還處處注意到人物與隱蔽的相關者的聯繫，如《文學》門載：

> 鍾會撰《四本論》始畢，甚欲使嵇公一見。置懷中，既詣，畏其難，懷不敢出，於户外遙擲，便回急走。

作者選取一套連續動作，僅二三十字，便勾畫出鍾會躍躍欲試而又猶豫不決的神態，揭示出他那又卑又怯、又想賣弄的心理。更妙的是，嵇康雖未露面，我們卻可以從中感到他的存在，想見他那高傲睿智、從容自若的雄辯家的英姿神態。東晉畫家顧愷之說：「凡生人亡有手揖眼視而前亡所對者，以形寫神而空其實對，荃生之用乖，傳神之趨失矣」（張彥遠《歷代名畫記》卷五）。作者正是處處照應了鍾會面前的「實對」，才使鍾會的動態成了傳神之形。

相對於人物動態來說，對於人物一肌一容的靜態描繪，較難起到揭示人物內心的作用，所以《世說新語》極少這方面的描寫。

書中少量對人物服飾的描述，也是作者力求表現人物內心所作的精心安排，並非可有可無的閒筆。如《簡傲》門載，王獻之兄弟在權臣郗超生前，對超父「甚修外生禮」，見面時「躡履問訊」；郗超一死，便換了副嘴臉，「皆箸高屐，儀容輕慢」。這裏雖只寫了人物的一雙腳，但一「躡履」，一「箸高屐」，王氏兄弟前恭後倨的勢利嘴臉便躍然紙上。

除了通過「人間言動」來刻畫人物形象外，借用自然景物的可見形質來比附人物的內心情性，使抽象的難以用言語把握的人物內心情性外化為傳神之形，是《世說新語》作者塑造人物形象的又一重要手段。《容止》門中有很多這樣的描寫，如：「嵇叔夜之為人也，巖巖若孤松之獨立；其醉也，傀俄若玉山之將崩。」「時人目夏侯太初，朗朗如日月之入懷。」「王安豐眼爛爛如巖下電。」「嵇延祖卓卓如野鶴之在雞羣。」「諸公每朝，朝堂猶暗，唯會稽王來，軒軒如朝霞舉。」「有人歎王恭形茂者，云：『濯濯如春月柳。』」作者廣泛採用這類比附手法，把人物不可捉摸的風姿神貌展現在讀者眼前。

善於把瑣屑的「人間言動」點化為傳神之形，「把每一個形象的看得見的外表上的每一點都化為眼睛或靈魂的住所，使它把心靈顯現出來」（黑格爾《美學》第一卷），這就是《世說新語》的獨特藝術價值。

四

《世說新語》的影響是十分廣泛的，這主要表現在三個方面。

一是後世文人對於《世說新語》所呈現出的魏晉風度的推崇與仿效，這從隋唐以來的文人作品中可以看得很清楚。如李白《襄陽歌》「清風朗月不用一錢買，玉山自倒無人推」（得自《言語》、《容止》）；《玉壺吟》「烈士擊玉壺，壯心惜暮年」（得自《豪爽》）；蘇軾《送劉攽倅海陵》「君不見阮嗣宗，臧否不掛口，莫誇舌在牙齒牢，是中惟可飲醇酒」（得自《德行》）；《於潛僧綠筠軒》「可使食無肉，不可居無竹。無肉令人瘦，無竹令人俗」（得自《任誕》）；《寶山晝睡》「七尺頑軀走世塵，十圍便腹貯天真。此中空洞渾無物，何止容君數百人」（得自《排調》）；辛棄疾《賀新郎》「此會不知公榮者，莫呼來，政爾妨人樂」（得自《任誕》）；「翁比渠儂人誰好，是我常與我周旋久，寧作我，一杯酒」（得自《品藻》）。在這類作品中，作者們寫的是自己的思想感情，但那生活態度，那思路，甚至語言，則顯然受到《世說新語》很大的影響。

二是《世說新語》中許多故事至今仍有着旺盛的生命力。它們有的演化為後人習用的成語，如身無長物、吳牛喘月、謝家玉樹、皮裏陽秋、鶴立雞羣、漱石枕流等，分別由《德行》、《言語》、《賞譽》、《容止》、《排調》中有關故事化出；有的成為後人常用的典故，如李清照佚詩「南渡衣冠少王導，北來消息欠劉琨」（得自《言語》）、辛棄疾《水龍吟》「休説鱸魚堪膾，盡西風，季鷹歸未？……可惜流年，憂愁風雨，樹猶如此。倩何人，喚取紅巾翠袖，揾英雄淚？」（得自《識鑒》、《言語》）；有的成為後世小説、戲曲的素材，如《三國演義》有關曹操、楊修的部分，很多直接採用了《世説新語》的記述。明人傳奇中的《玉鏡台記》與《懷香記》，也取材於《世説新語》，前者敷演東晉初年名臣溫嶠以玉鏡台為聘，巧娶從姑之女的佳話（參閱《假譎》）；後者描寫西晉青年男女韓壽、賈午私相授受，終結良緣的故事（參閱《惑溺》）。《世說新語》以其生動豐富的內涵，為後世文學創作提供了營養，在歷代文壇上發生着很大的影響。

《世說新語》的影響，還表現在歷代仿作續作之多上。較著名者，如唐代劉肅《大唐新語》，記載初唐到中唐的軼聞舊事，分為三十門；宋代孔平仲《續世說》，取南朝及隋唐五代的事蹟，按《世說新語》的門目分類編排；宋代王讜《唐語林》，分門記唐代名人言行軼事，除按《世說新語》原有門目外，又新增《嗜好》等十七門類；明代何良俊《何氏語林》，以《世說新語》為藍本，取材由南朝起直到明代，合併原書，共得二千七百餘條。不過，誠如清人程穉所說：「後世說部之書數十百種，總不能出其範圍」（清康熙甲戌本《世說新語》序）。這與《世說新語》賴以產生的時代風尚及社會思潮密切相關；一旦脫離了這種環境，後世再高明的仿作續作者，也無法超越原書固有的成就。

這樣一部影響廣泛的作品，當然引起了後世學者的關注。《世說新語》成書後約五十年，就有齊代敬胤的《糾繆》及《注》問世。稍後又有梁代劉孝標為之作注。劉孝標《注》不僅是所有注本中最重要的一部，而且與裴松之《三國志注》、酈道元《水經注》並列，成為中國古籍中最負盛名的注本之一。它引用材料廣泛，注釋嚴謹詳審，對原作中與史實不符之處，也一一作了考訂。尤其可貴的是，劉孝標《注》引書四百餘種，其中絕大多數今已亡佚。而劉《注》的存世，便為研究者提供了相當寶貴的材料。

此外，《世説新語》也受到海外學者的注意。如日本學者對它就十分推重，且有多方面的研究成果；美國馬瑞士教授（Prot. Richard B.Mather）於 1976 年將此書連同劉孝標《注》一併譯成英語（同時還加上了自己的注釋），《世説新語》的影響，因此又波及到英語國家。人們重視《世説新語》，不僅因為它獨特的藝術價值，還在於它的正文與劉孝標注文所包含的珍貴的學術價值。由於它是集合了那一時代社會風尚與社會思潮的產物，我們研究魏晉歷史、政治、經濟、哲學、宗教、美學、文學、語言、藝術時，都可以從中找到重要的依據，獲得有益的啟迪。我們現在選譯了《世説新語》本文二百三十餘條，目的是把這部重要的古籍介紹給初涉古典文學領域的青年朋友，以圖引起青年朋友們進一步閱讀、研究全書的興趣。

本書所錄原文以袁褧嘉趣堂本為依據，間以日本尊經閣影宋本、王先謙思賢講舍校訂本、唐寫本《世說新書》殘卷、《太平御覽》引《世說》等對原文作了必要的校訂。為便於讀者閱讀，對原文中的異體字、古今字、通假字也作了相應的處理；注釋時僅對人名、地名、職官名以及疑難特殊詞語或譯文較難表達詞義的詞語作注，其餘一概從略。今譯以直譯為基礎，同時結合意譯，個別譯文不易體現細微含義之處，則在注釋中作簡要說明。注譯時參考了劉盼遂《世說新語校箋》、余嘉錫《世說新語箋疏》、徐震堮《世說新語校箋》、楊勇《世說新語校箋》以及日本恩田仲任輯《世說音釋》等著作，校勘時也吸收了他們的研究成果。此外，《世說》各門本按條記錄，無小標題，在注譯的過程中，考慮到檢索、稱引的方便，利於讀者，我們給各門每條分別加擬了小標題。非妄改古賢，更非標榜自新，故此說明。

今譯是艱巨而複雜的。限於水平，本書錯誤疏漏自當不少，謹祈專家讀者不吝指正。

柳士鎮（南京大學中文系）

錢南秀

目錄

一　德行

《世說新語》共分三十六門類，前四門依次為《德行》、《言語》、《政事》、《文學》，正與《論語・先進》提出的孔門四科相合。這種分門類的編寫體例及前四門的安排，很可能受了漢代劉向《世說》的影響①，有尊崇儒家的意思。但《世說新語》在內容上卻打上了時代的烙印，不受前此漢代儒學牢籠的限制。

《德行》門的內容，有對傳統儒家道德如忠義、孝道、清廉、仁愛等等的讚頌，例如荀巨伯寧死不棄友，鄧攸棄己子保全弟之子，管寧視片金與瓦石不異等。但也有相當數量的文字，則是那一時代的特有產物。如李膺的「欲以天下名教是非為己任」，而「後進之士有升其堂者，皆以為登龍門」，反映了漢末特有的清議之風以及這一風氣在士人中產生的影響。阮籍的「至慎」，是魏晉士人在激烈的皇權爭奪中不得已而採取的全身遠禍的方式，作者置之於《德行》門，顯然也有同樣的感受。再如王獻之臨終，不顧自己皇家女婿的身份，公然追念被迫離異的前妻，而作者也視此為美德，這種有違儒家禮教的行為，則應看作是魏晉時期個性情感解放的表現。必須指出的是，儒家禮教以忠孝為本，然而《德行》中有關忠君事蹟的記載極少，這是甚麼原因呢？魯迅指出：「（魏晉）為甚麼要以孝治天下呢？因為天位從禪讓，即巧取豪奪而來，若主張以忠治天下，他們的立足點便不穩，辦事便棘手，立論也難了。」（《魏晉風度及文章與藥及酒之關係》）篡權奪位者往往借提倡孝道來標榜自己，鎮壓別派士族的反抗，漢末魏晉的許多大名士，如孔融、嵇康、呂安等都死於「不孝」的罪名，《世說新語》對此均有記述。至於作者自己，雖然在《德行》門中記述了不少孝行，但他對統治者提倡孝道的虛偽態度，顯然是有微詞的，讀者可以從閱讀中體會到這一點。

❶參閱劉兆雲《世說探原》，載《新疆大學學報（社科版）》1979年第一、二期。

陳仲舉為豫章

陳仲舉言為士則①，行為世範，登車攬轡②，有澄清天下之志。為豫章太守③，至，便問徐孺子所在④，欲先看之。主簿白⑤：「羣情欲府君先入廨。」⑥陳曰：「武王式商容之閭⑦，席不暇暖。吾之禮賢，有何不可！」

【注釋】❶陳仲舉：東漢汝南平輿（今屬河南）人，名蕃，字仲舉，曾任太傅。❷攬轡（pèi）：拿過韁繩。古代受任的官員通常乘車赴職，登車攬轡表示初到職任。❸豫章：郡名，治所在今江西南昌。太守：郡長官，負責一郡行政事務。❹徐孺子：東漢豫章南昌（今屬江西）人，名稚，字孺子。陳蕃在豫章時，不接待賓客，只為徐稚特設一榻，徐坐過走後，就掛起不用。❺主簿：中央機構及地方官府的屬官，掌管文書簿籍。魏晉以後，為將帥重臣的幕僚長，地位甚重。❻府君：對太守的尊稱。❼式：通「軾」，車廂前部扶手的橫木。這裏表示扶着軾。古人乘車，俯身扶軾表示敬意。商容：殷代賢人，因直諫被紂王廢黜。

【翻譯】

陳仲舉的言談是讀書人的榜樣，行為是世間的規範，剛開始做官，便有刷新政治的抱負。做豫章太守時，一到任，便打聽徐孺子的住處，想先去拜訪他。主簿稟告說：「眾人的意思是希望您先去官署。」陳仲舉說：「周武王得到天下後，墊席尚未坐暖，就先去商容居住過的里巷表示敬意。我禮敬賢人，有甚麼不可以的呢！」

李元禮高自標持

李元禮風格秀整①，高自標持②，欲以天下名教是非為己任③。後進之士有升其堂者，皆以為登龍門④。

【注釋】❶李元禮：東漢潁川襄城（今屬河南）人，名膺，字元禮，曾任司隸校尉。❷標持：自尊自信，自視甚高。❸名教：指儒家以正名定分為中心的封建禮教。是非：辨別正誤，褒貶得失。❹龍門：黃河水道，在今山西河津西北和陝西韓城東北之間。黃河至此，兩岸峭壁對峙，形如闕門。登龍門：據《太平廣記》卷四百六十六引《三秦記》說，龍門之下，每年三月有黃鯉魚匯集，能躍上龍門的不過七十二條，均化而為龍。後來以「登龍門」比喻得到有名望者的接待和援引而增長聲譽。

【翻譯】

李元禮風度秀美嚴整，為人自尊自信，要把按名教標準來品評天下的得失是非作為自己的責任。後輩士人能夠受到他接待的，都認為是登上了「龍門」。

難兄難弟

陳元方子長文①，有英才，與季方子孝先②，各論其父功德，爭之不能決，諮於太丘③。太丘曰：「元方難為兄，季方難為弟。」④

【注釋】❶陳元方：東漢潁川許昌（今河南許昌東）人，名紀，字元方，陳寔之子。長文：名羣，字長文，陳紀之子。曾任司空，錄尚書事。❷季方：名諶，字季方，陳紀之弟。孝先：名忠，字孝先，陳諶之子。❸太丘：縣名，治所在今河南永城西北。這裏指陳寔。寔：字仲弓，曾任太丘長，世稱「陳太丘」。❹難為兄、難為弟：意思是兄弟均有才識，很難分出高下。

【翻譯】

陳元方的兒子長文，有卓越的才能，同陳季方的兒子孝先，各自誇耀自己父親的功業德行，爭議相持不下，無法決斷，去詢問爺爺陳太丘。太丘說：「論學識品行，元方季方各有所長，互為兄長，難以分出高下優劣啊。」

荀巨伯看友人疾

荀巨伯遠看友人疾①，值胡賊攻郡②，友人語巨伯曰：「吾今死矣，子可去！」③巨伯曰：「遠來相視，子令吾去，敗義以求生，豈荀巨伯所行邪！」賊既至，謂巨伯曰：「大軍至，一郡盡空，汝何男子④，而敢獨止？」巨伯曰：「友人有疾，不忍委之，寧以我身代友人命。」賊相謂曰：「我輩無義之人，而入有義之國。」遂班軍而還，一郡併獲全。

【注釋】❶荀巨伯：東漢桓帝時潁川（治所在今河南禹縣）人，生平不詳。❷胡：古代對北方和西方各民族的泛稱，東漢時常指匈奴、烏桓、鮮卑等。賊：對敵人的蔑稱。❸子：對人的尊稱。❹汝：你。先秦兩漢時期略帶輕賤、狎暱意味。

【翻譯】

荀巨伯遠道去探望患病的朋友，正好遇上外族敵寇攻打郡城，朋友對巨伯說：「我馬上就要死了，您還是離開吧！」巨伯說：「我遠道來看望您，您卻要我離開，敗壞道義以求生，難道是我荀巨伯幹的事嗎！」敵寇進城之後，對巨伯說：「大軍已到，整個郡城的人都跑光了，你是甚麼人，竟敢一個人留下來？」巨伯說：「朋友有病，不忍心丟下他，情願用我自身來代替朋友的性命。」敵寇相互議論說：「我們這些不講道義的人，卻侵入到這有道義的國度。」於是撤軍而回，整個郡城因此都得到保全。

割席分坐

管寧、華歆共園中鋤菜①，見地有片金，管揮鋤與瓦石不異，華捉而擲去之。又嘗同席讀書，有乘軒冕過門者②，寧讀如故，歆廢書出看。寧割席分坐③，曰：「子非吾友也。」

【注釋】❶管寧：三國北海朱虛（今山東臨朐東南）人，字幼安。曾避居遼東三十多年，不願做官。華歆（xīn）：三國平原高唐（今山東禹城西南）人，字子魚。漢末曾任豫章太守、尚書令，入魏後任司徒。❷軒：官員乘坐的車子。冕：官員的禮帽。這裏「軒冕」連用，是複詞偏義，偏指「軒」，「冕」字無義。❸坐：同「座」。

【翻譯】

管寧和華歆一道在園中鋤菜，看見地上有一塊金子，管寧依舊揮動鋤頭，如同見到的是瓦石一樣，華歆則撿起金子而後扔掉它。他們又曾經同坐在一張墊席上讀書，有乘坐官車的顯赫人物由門外經過，管寧讀書依舊，華歆則丟開書本出去觀看。管寧便割斷墊席，分開座位，對華歆說：「您不是我志趣相投的朋友。」

華、王優劣

華歆、王朗俱乘船避難①，有一人欲依附，歆輒難之②。朗曰：「幸尚寬，何為不可？」後賊追至，王欲捨所攜人。歆曰：「本所以疑，正為此耳。既已納其自托，寧可以急相棄邪？」遂攜拯如初。世以此定華、王之優劣。

【注釋】❶王朗：三國東海郯（tán，今山東郯城北）人，字景興，入魏後任司空。❷難：為難。

【翻譯】

華歆和王朗一道乘船逃難，有一人想要搭船，華歆馬上便回絕了他。王朗說：「幸好船還寬敞，為甚麼不能讓他搭乘呢？」後來強盜趕上來了，王朗想要丟下隨帶的那個人。華歆說：「我起先之所以猶豫，正是估計到了這種情況。既然已經接受了他的請求，怎麼可以因為情況急迫就把他扔下呢？」於是依舊像開始那樣攜帶救助他。社會上便根據這件事來評定華歆、王朗的高下。

阮嗣宗至慎

晉文王稱阮嗣宗至慎①，每與之言，言皆玄遠，未嘗臧否人物②。

【注釋】❶晉文王：即司馬昭，三國河內溫縣（今河南溫縣西）人，字子上，司馬懿次子。曾任魏大將軍，專國政，死後謚為文王。其子司馬炎稱帝，追尊為文帝。阮嗣宗：三國魏陳留尉氏（今屬河南）人，名籍，字嗣宗。曾任步兵校尉，世稱「阮步兵」；與嵇康齊名，是「竹林七賢」之一。蔑視禮教，與當權的司馬氏集團有矛盾，常用醉酒的方式來保全自己。❷臧否（zāng pǐ）：褒貶，評論。

【翻譯】

晉文王稱讚阮嗣宗為人極謹慎，每次同他談論，說的話都高妙脫俗，從不評論當時人物的優劣。

鄧攸避難

鄧攸始避難①，於道中棄己子，全弟子。既過江，取一妾②，甚寵愛。歷年後，訊其所由，妾具說是北人遭亂，憶父母姓名，乃攸之甥也。攸素有德業，言行無玷，聞之哀恨終身，遂不復畜妾。

【注釋】❶鄧攸：晉平陽襄陵（今山西襄汾）人，字伯道，官至尚書右僕射。難：指永嘉之亂。晉懷帝永嘉年間（307—313），匈奴貴族劉淵建漢國，攻破洛陽，俘懷帝，殺王公士民三萬餘人，史稱「永嘉之亂」。❷取：同「娶」。

【翻譯】

鄧攸當初逃難時，在半路上丟棄自己的兒子，而保住了弟弟的兒子。逃過長江之後，娶了一妾，非常喜愛她。過了一些年，問她的經歷，妾詳細說起自己是北方人，遭遇世亂才來到南方，回憶起父母的姓名，竟然是鄧攸的外甥女。鄧攸在德行功業上一向有好名聲，言行沒有任何污點，聽後一輩子悲傷悔恨，於是不再娶妾。

庾公乘馬有的盧

庾公乘馬有的盧①，或語令賣去。庾云：「賣之必有買者，即復害其主，寧可不安己而移於他人哉？昔孫叔敖殺兩頭蛇以為後人②，古之美談，效之，不亦達乎？」

【注釋】❶公：古代對人的尊稱。庾公：即庾亮，東晉潁川鄢陵（今河南鄢陵西北）人，字元規。官至征西大將軍、荊州刺史，死後追贈太尉，謚文康。的盧：也寫作「的顱」，一種額部有白色斑點的馬。傳説騎它的人會遭遇不幸。❷孫叔敖：春秋楚國期思（今河南淮濱東南）人，姓孫叔，名敖，曾輔佐楚莊王稱霸諸侯。

【翻譯】

庾公的坐騎中有一匹的盧馬，有人告訴了庾公並要他把馬賣掉。庾公説：「賣掉牠，必定有買牠的人，那就又要危害牠的新主人，怎麼能夠因為不利於自己而把禍患加給別人呢？過去孫叔敖殺死雙頭蛇並把牠埋掉，為的是怕後人見到牠而遭到災難，這件事成了古代的美談，我仿效他，不是很通達的嗎？」

阮光祿焚車

阮光祿在剡①，曾有好車，借者無不皆給②。有人葬母，意欲借而不敢言。阮後聞之，歎曰：「吾有車而使人不敢借，何以車為？」③遂焚之。

【注釋】❶光祿：指金紫光祿大夫。掌議論之官。加金印紫綬。阮光祿：即阮裕，晉陳留尉氏（今屬河南）人，字思曠。曾任王敦主簿，官至侍中，被徵召為金紫光祿大夫，未就職。剡（shàn）：縣名，治所在今浙江嵊（shèng）縣。❷給（jǐ）：供，供應。❸為：句末語氣詞，表示反問。

【翻譯】

阮光祿在剡縣時，曾有過一輛很好的車子，無論誰來向他借，沒有不答應的。有個人要安葬母親，心裏想借車卻不敢去說。阮光祿後來聽說這事，感慨地說：「我有車子，卻讓人家不敢來借，還要這車子做甚麼呢？」於是把車子燒掉了。

王子敬首過

王子敬病篤①，道家上章應首過②，問子敬由來有何異同得失③。子敬云：

「不覺有餘事，唯憶與郗家離婚。」④

【注釋】❶王子敬：東晉琅邪臨沂（今屬山東）人，名獻之，字子敬，王羲之第七子，曾任建威將軍、吳興太守、中書令。❷道家：這裏指五斗米道。上章：道士上表求神。❸異同得失：過失。這裏「異同得失」連用，是偏義複詞，偏指「得失」，「異同」無義；在「得失」中，又偏指「失」，「得」字無義。❹與郗家離婚：王獻之曾娶郗曇之女郗道茂為妻，後離婚。

【翻譯】

王子敬病重，按道教教規，在祈禱消災時要病人自己說出所犯的錯誤，於是便問子敬歷來有過甚麼過失。子敬說：「沒感到有其他甚麼錯事，只想到同郗家離了婚。」

貧者士之常

殷仲堪既為荊州①，值水儉，食常五碗，盤外無餘肴②。飯粒脫落盤席間，輒拾以啖之。雖欲率物，亦緣其性真素。每語子弟云：「勿以我受任方州③，云我豁平昔時意。今吾處之不易。貧者士之常，焉得登枝而捐其本！爾曹其存之！」④

【注釋】❶殷仲堪：東晉陳郡（治所在今河南淮陽）人，曾任都督荊益寧三州軍事、荊州刺史。荊州：州名，治所在今湖北荊州。❷盤：放置碗筷飯菜的托盤。吃飯時，碗置於盤中，盤放在座席上。❸方州：大州。❹爾：魏晉期間，這是一個逐漸轉為表示親密關係的第二人稱代詞，常用於長輩對晚輩的稱呼。

【翻譯】

殷仲堪擔任荊州刺史後，正好遇上水災，日常只吃五碗菜，此外沒有其他菜餚。有時飯粒散落到盤席上，總要撿起來吃掉。這樣做固然是想為人表率，但也是由於他本性純樸。他還常對子弟們說：「不要因為我擔任了大州的官長，就認為我丟掉了平素的志向。如今我的抱負沒有改變。安於清貧，是讀書人的本分，怎能登上高枝就拋棄了根本呢！你們要記住這些話！」

身無長物

王恭從會稽還①，王大看之②。見其坐六尺簟③，因語恭：「卿東來④，故應有此物⑤，可以一領及我。」恭無言。大去後，即舉所坐者送之。既無餘席，便坐薦上。後大聞之，甚驚，曰：「吾本謂卿多，故求耳。」對曰：「丈人不悉恭⑥，恭作人無長物。」

【注釋】❶王恭：東晉太原晉陽（今山西太原西南）人，字孝伯，曾任青、兗二州刺史。會（kuài）稽：郡名，治所在今浙江紹興。還：指回到東晉都城建康（今江蘇南京）。❷王大：即王忱，字元達，小字佛大，王恭族叔，曾任建武將軍、荊州刺史。❸坐：同「座」。簟（diàn）：竹蓆。❹卿：相當於「你」。常用來稱呼輩分低於自己或平輩之間親昵而不計較禮節的人，無交情的人不可稱卿。東：東晉時把會稽、吳郡（治所在今江蘇蘇州）稱為東。❺故：加強語氣的虛詞，有「當然」、「確實」的意思。❻丈人：對長者的尊稱。

【翻譯】

王恭從會稽回來，王大去看望他。見到座上有六尺長的竹蓆，便對王恭說：「你從東邊來，本當有這種東西，可以拿一條送給我。」王恭沒有答話。王大走後，王恭立刻把自己坐的那條竹蓆送了過去。王恭自己已經沒有其他竹蓆了，就坐在草墊上。後來王大聽說這件事，很吃驚，對王恭說：「我本來認為你有很多，所以才向你索取的。」王恭回答說：「您老人家不了解我，我做人從來不備多餘的東西。」

焦飯遺母

吳郡陳遺①，家至孝。母好食鐺底焦飯，遺作郡主簿，恆裝一囊，每煮食，輒貯錄焦飯，歸以遺母。後值孫恩賊出吳郡②，袁府君即日便征③，遺已斂得數斗焦飯，未展歸家，遂帶以從軍。戰於滬瀆④，敗，軍人潰散，逃走山澤，皆多饑死，遺獨以焦飯得活。時人以為純孝之報也。

【注釋】❶陳遺：東晉吳郡（治所在今江蘇蘇州）人，生平不詳。❷孫恩：東晉琅邪（治所在今山東臨沂北）人，字靈秀，曾率軍起義攻破郡縣，兵敗後投海自殺。❸袁府君：即袁山松，東晉吳郡人，曾任秘書監、吳國內史、吳郡太守。❹滬瀆：古稱吳淞江下游近海處一段為滬瀆，相當於今上海西舊青浦鎮一帶古吳淞江。

【翻譯】

吳郡人陳遺，在家十分孝順。他母親喜歡吃鍋底的鍋巴，陳遺任郡主簿時，總是帶着一隻口袋，每次燒飯時，都要把鍋巴收藏起來，回家後送給母親。後來正好遇上孫恩叛軍流竄吳郡，袁太守當即率軍征討，這時陳遺已經積聚了幾斗鍋巴，來不及送回家，便帶在身邊跟隨部隊出征。雙方在滬瀆交戰，官軍失利，部隊潰散，逃到山澤之中，很多人都餓死了，陳遺卻憑藉這些鍋巴活了下來。當時的人認為這是他深厚孝行獲得的善報。

二　言語

《世說新語》的語言，歷來為人稱道，所謂「簡約玄淡，爾雅有韻」（袁褧《序》）；所謂「巧不傷慧，簡勝於繁」（程稱《序》）。這種語言風格的形成，與魏晉清談密切相關。清談圍繞着思辯性很強的老莊哲學進行，精微的辯難，影響所及，使他們的日常對話也充滿哲理與機趣。而語言的內涵越豐富，語言本身就越顯得簡約。《世說新語》既保留了這樣的語言內容，又注意以口語入書，保留了生活中豐富的情感語氣，從而形成自己獨特的語言風格。這在《言語》門中表現得最為突出。《言語》以記錄魏晉士人日常生活中的對話為主，反映的生活面很廣，內涵十分豐富。很多對話，或包含巧妙的論辯方法，或蘊藏深奧的哲理，或表明當時名士的人生態度，值得仔細玩味。一些名言則鮮明地表現出人物的個性。如王導所說的「當共戮力王室，克復神州，何至作楚囚相對」，是針對東渡士大夫對泣新亭而發，與其說是激勵士大夫抗敵復國，不如說是為了穩定政局，安定人心，王導善撫大局的宰相風度也就躍然紙上。

魏晉士人喜用自然物的可見形質來說明深奧的道理。如謝安歎息：「子弟亦何預人事，而正欲使其佳？」謝玄回答：「譬如芝蘭玉樹，欲使其生於階庭耳。」自然美通過比喻進入了語言，使之更加生動優美，這也是《世說新語》語言「爾雅有韻」的原因之一。

眼中瞳子

徐孺子年九歲，嘗月下戲，人語之曰：「若令月中無物，當極明邪？」徐曰：「不然，譬如人眼中有瞳子，無此必不明。」

【翻譯】

徐孺子九歲時，有一次在月光下玩耍，有人對他說：「如果月亮中沒有那些黑的東西，該會十分明亮吧？」徐孺子說：「不是這樣的，就好比人的眼睛中有瞳人，沒有它，眼睛就不會明亮。」

小時了了

孔文舉年十歲①，隨父到洛②。時李元禮有盛名，為司隸校尉③，詣門者皆俊才清稱及中表親戚乃通④。文舉至門，謂吏曰：「我是李府君親。」⑤既通，前坐。元禮問曰：「君與僕有何親？」⑥對曰：「昔先君仲尼與君先人伯陽有師資之尊⑦，是僕與君奕世為通好也。」元禮及賓客莫不奇之。太中大夫陳韙後至⑧，人以其語語之。韙曰：「小時了了，大未必佳。」文舉曰：「想君小時，必當了了。」韙大踧踖。

【注釋】❶孔文舉：漢末魯國（治所在今山東曲阜）人，名融，字文舉，孔子二十世孫。曾任北海相、少府、太中大夫，因觸怒曹操被殺。❷洛：指東漢京都洛陽，故城在河南洛陽東洛水北岸。也是西晉的京都。❸司隸校尉：官名，主管督察京師百官（太尉、司徒、司空除外）及所轄附近各郡。❹中表：古代稱父親姐妹的兒女為外表，母親兄弟姐妹的兒女為內表，合稱中表。❺府君：李膺曾任漁陽太守，所以稱「府君」。❻君：對對話人的尊稱，但在魏晉期間尊敬的意味已不及秦漢強。僕：對自己的謙稱。❼仲尼：孔子的字。伯陽：即老子，姓李，名耳，字伯陽。師資之尊：指禮敬對方為師的敬意。相傳孔子曾經問禮於老子。❽太中大夫：官名，主管議論政事。陳韙（wěi）：《後漢書・孔融傳》作「陳煒」，生平不詳。

【翻譯】

孔文舉十歲時，跟隨父親到了洛陽。當時李元禮有很高的名望，擔任司隸校尉，登門拜訪的人都要才智超羣、有清高的名聲或是中表親戚，守門人才肯通報。孔文舉來到門前，對守門人說：「我是李府君的親戚。」通報之後，進去入座。李元禮問道：「您同我是甚麼親戚啊？」回答說：「從前我的祖先孔仲尼同您的祖先李伯陽曾經有過師友之誼，這就是說，我們兩家世世代代是有友好往來的。」李元禮和賓客們聽後無不感到驚奇。太中大夫陳韙後來也到了，有人把孔文舉的話告訴了他。陳韙說：「小時候聰明伶俐的人，長大後未必也很好。」孔文舉說：「想來您小的時候，一定是聰明伶俐的了。」陳韙大為狼狽。

覆巢無完卵

孔融被收①，中外惶怖。時融兒大者九歲，小者八歲，二兒故琢釘戲②，了無遽容③。融謂使者曰：「冀罪止於身，二兒可得全不？」④兒徐進曰⑤：「大人豈見覆巢之下⑥，復有完卵乎？」尋亦收至。

【注釋】❶孔融：漢末魯國（治所在今山東曲阜）人，名融，字文舉，孔子二十世孫。曾任北海相、少府、太中大夫，因觸怒曹操被殺。❷琢釘戲：一種兒童遊戲，以擲釘琢地決勝負。❸了：全，全然。❹不：通「否」。❺進：進言，指對尊長者講話。❻大人：對長輩的尊稱。

【翻譯】

孔融被拘捕時，全家裏裏外外的人都很恐慌。當時孔融的兒子大的只有九歲，小的只有八歲，兩人依舊在做琢釘的遊戲，沒有一點兒驚懼的容色。孔融對派來的人說：「希望罪過只加在我本人身上，兩個孩子不知能否保全性命？」孩子們從容地對父親說：「您難道見過搗翻了的鳥窩中，還有完整的鳥蛋嗎？」不久，也被拘捕了。

二　鍾答文帝問

鍾毓、鍾會少有令譽①，年十三，魏文帝聞之②，語其父鍾繇曰③：「可令二子來。」於是敕見。毓面有汗，帝曰：「卿面何以汗？」④毓對曰：「戰戰惶惶，汗出如漿。」⑤復問會：「卿何以不汗？」對曰：「戰戰慄慄，汗不敢出。」

【注釋】❶鍾毓（yù）：三國魏潁川長社（今河南長葛東）人，字稚叔，十四歲即任散騎侍郎。鍾會：字士季，官至司徒。❷魏文帝：即曹丕，三國譙郡譙（今安徽亳州）人，字子桓。其父曹操死後，他襲位為魏王，不久代漢稱帝。❸鍾繇（yóu）：字元常，入魏後任廷尉、太傅。❹卿：你。❺漿：一種帶有酸味的飲料，常用以代酒。這裏的「漿」與「惶」，下文的「出」與「慄」，古代可以押韻。

【翻譯】

鍾毓、鍾會小時候有美好的聲譽，十三歲時，魏文帝聽說他倆，便對他們的父親鍾繇說：「讓你的兩個兒子來。」於是下令召見。鍾毓的臉上有汗水，文帝說：「你的臉上為甚麼出汗？」鍾毓回答說：「恐懼而驚慌，汗出如水漿。」又問鍾會：「你的臉上為甚麼不出汗？」鍾會回答說：「恐懼而戰慄，汗也不敢出。」

鍾毓兄弟飲酒

鍾毓兄弟小時，值父晝寢，因共偷服藥酒①。其父時覺，且托寐以觀之。毓拜而後飲②，會飲而不拜。既而問毓何以拜，毓曰：「酒以成禮，不敢不拜。」又問會何以不拜，會曰：「偷本非禮，所以不拜。」

【注釋】❶藥酒：這裏指「散酒」，即魏晉時人常服的五石散之類的藥物酒。❷拜：一種拱手彎腰表示恭敬的禮節，也用作各種行禮的通稱。

【翻譯】

鍾毓、鍾會小時候，有一次正碰上父親白天睡覺，於是一道偷飲藥酒。父親當時忽然醒來，姑且假裝睡熟來觀察他們的行動。鍾毓先行禮而後才飲酒，鍾會卻只飲酒而不行禮。事過之後父親問鍾毓為甚麼要行禮，鍾毓說：「酒是用來使禮儀完備的東西，所以飲酒時不敢不行禮。」又問鍾會為甚麼不行禮，鍾會說：「偷酒本來就不合於禮儀，所以飲酒時不敢行禮。」

鄧艾答晉文王

鄧艾口吃①，語稱「艾艾」②。晉文王戲之曰③：「卿云『艾艾』，定是幾『艾』？」④對曰：「『鳳兮，鳳兮』，故是一鳳。」⑤

【注釋】❶鄧艾：三國魏義陽棘陽（今河南新野東北）人，字士載，官至鎮西將軍，進封鄧侯。❷艾艾：古人說話時常自稱己名表示謙卑，鄧艾本應自稱為「艾」，但由於口吃。因此說成「艾艾……」。❸晉文王：即司馬昭，三國河內溫縣（今河南溫縣西）人，字子上，司馬懿次子。曾任魏大將軍，專國政，死後諡為文王。❹定：到底，究竟。❺鳳兮，鳳兮：據《論語・微子》記載，楚國狂人接輿經過孔子身邊，唱歌說：「鳳啊，鳳啊，為甚麼德行這樣衰落？」鄧艾引這句話的意思是，接輿講「鳳啊，鳳啊」，依然只是一隻鳳，自己說「艾艾……」，依然也只是一個「艾」。

【翻譯】

鄧艾說話口吃，自稱名字時常常講成「艾艾」。晉文王同他開玩笑說：「你講『艾艾』，到底有幾個『艾』呢？」鄧艾回答說：「『鳳啊，鳳啊』，依然只有一隻鳳。」

陸機答王武子

陸機詣王武子①，武子前置數斛羊酪②，指以示陸曰：「卿江東何以敵此？」③陸云：「有千里蒓羹④，但未下鹽豉耳！」⑤

【注釋】❶陸機：西晉吳郡吳縣華亭（今上海松江）人，字士衡。曾任平原內史，世稱「陸平原」。隨司馬穎出征，兵敗遭讒而被殺，其弟陸雲同時遇害。王武子：西晉太原晉陽（今山西太原西南）人，名濟，字武子，官至侍中。❷斛：量器名，十斗為一斛。酪：用乳煉製成的半凝固的食品。❸江東：長江在蕪湖南京之間作西南南、東北北流向，江東即江南，因此習慣上稱自此以下的長江南岸地區為江東。❹千里：湖名，在今江蘇溧陽境內，已趨湮沒。蒓（chún）羹：用蒓菜加調料製成的稠湯。❺鹽豉（chǐ）：用燒熟的大豆發酵後加鹽製成的食物，供調味用。若在蒓羹中加入鹽豉，味極鮮美。陸機的意思是，我們江東的千里蒓羹已能抵得上羊酪，若再加上鹽豉，羊酪就無法相比了。

【翻譯】

陸機到王武子那裏去，武子面前放着幾斛羊酪，指給陸機看，並說：「你們江東有甚麼能抵得上這個？」陸機說：「有千里湖的蒓菜羹，只是還沒有加上鹽豉呢！」

新亭對泣

過江諸人①，每至美日，輒相邀新亭②，藉卉飲宴。周侯中坐而歎曰③：「風景不殊，正自有山河之異！」皆相視流淚。唯王丞相愀然變色曰④：「當共戮力王室，克復神州⑤，何至作楚囚相對！」⑥

【注釋】❶過江：晉愍帝建興四年（316），劉曜（yào）攻陷長安，愍帝被虜。第二年，元帝即位於建康（今江蘇南京），建立東晉王朝。當時黃河流域廣大地區被內遷的少數民族貴族統治者佔領，中原地區的士族多渡江南下避亂。❷新亭：三國吳築，也叫勞勞亭，故址在今江蘇南京市南。❸侯：對官位高貴者的尊稱。周侯：即周顗（yǐ），晉汝南安成（今河南平輿南）人，字伯仁，官至尚書左僕射。坐：同「座」。❹丞相：官名，為百官之長，輔佐皇帝，綜理全國政務。魏晉期間，丞相的稱號只授予威權極重的大臣，真正擔任丞相職責的往往用其他名義，例如王導就以錄尚書事的身份總攬朝政綱紀。王丞相：即王導，東晉琅邪臨沂（今屬山東）人，字茂弘。西晉末年為司馬睿獻策移鎮建康；東晉建立後任丞相，歷仕元、明、成三帝，穩定了東晉在南方的統治。愀（qiǎo）然：臉色變化的樣子。❺神州：本泛指中國，這裏指黃河流域一帶中原地區。❻楚囚：春秋時楚國鍾儀被晉所俘，晉人稱之為楚囚。楚囚相對：比喻在國破家亡時含悲泣苦，束手無策。

【翻譯】

過江避難的官員，每逢天氣晴朗的日子，經常互相邀請來到新亭，坐在草地上飲酒會宴。周侯在席間歎息説：「風景倒沒有甚麼不同，只是山河國土起了變化！」在座的人相互對視，流下了眼淚。只有王丞相突然變了臉色説：「大家正當同心協力效忠朝廷，收復中原地區，哪至於像亡國囚徒似的相對哭泣呢！」

楊梅孔雀

梁國楊氏子九歲①，甚聰惠②。孔君平詣其父③，父不在，乃呼兒出。為設果，果有楊梅，孔指以示兒曰：「此是君家果。」④兒應聲答曰：「未聞孔雀是夫子家禽。」⑤

【注釋】❶梁：國名，魏晉期間沿襲漢代郡國並置的制度，梁國治所在今河南商丘南。❷惠：通「慧」。❸孔君平：晉會稽山陰（今浙江紹興）人，名坦，字君平，官至廷尉。❹君：您。❺夫子：對人的尊稱。

【翻譯】

梁國一戶楊姓人家的兒子，九歲，很聰明。孔君平來看他父親，父親不在家，就喊兒子出來。給客人擺上了果子，果子中有楊梅，孔君平指着楊梅讓他看，並說：「這是您家的家果。」小兒隨聲回答說：「沒聽說孔雀是您家的家禽。」

麈尾故在

庾法暢造庾太尉①，握麈尾至佳②。公曰③：「此至佳，那得在？」法暢曰：「廉者不求，貪者不與，故得在耳。」

【注釋】❶庾法暢：當據《高僧傳・康僧淵傳》作「康法暢」。生平未詳，僅據《高僧傳》得知，晉成帝時他始渡江南下。太尉：官名，主管軍事，但至兩晉時期已有職無權，只表示對大臣的尊崇。庾太尉：即庾亮，東晉潁川鄢陵（今河南鄢陵西北）人，字元規。官至征西大將軍、荊州刺史，死後追贈太尉，謚文康。❷麈（zhǔ）尾：一種形狀類似羽扇的物件，柄之左右飾以麈尾之毛。魏晉期間，善於清談的名士多執麈尾，在談論時用來比劃並增美自己的儀容。❸公：古代對人的尊稱。

【翻譯】

康法暢到庾太尉那裏去，拿着的麈尾十分漂亮。庾太尉問：「這東西太漂亮了，怎麼還會留在身邊？」法暢說：「廉潔的人不會向我索取，貪婪的人我不會給他，所以還能在這裏。」

桓公北征經金城

桓公北征經金城①，見前為琅邪時種柳②，皆已十圍③，慨然曰：「木猶如此，人何以堪！」攀枝執條，泫然流淚④。

【注釋】❶桓公：即桓溫，東晉譙國龍亢（今安徽懷遠西）人，字元子。曾任荊州刺史，晉穆帝永和十二年（356）率軍收復洛陽，後廢海西公立簡文帝，以大司馬專擅朝政。晚年圖謀廢晉自立，事未及成而死，謚宣武侯。北征：指晉廢帝太和四年（369）桓溫率軍攻前燕一事。這次北征因糧運不繼，受挫而還。金城：東晉僑置（東晉南北朝期間戰爭頻仍，人民流徙，諸國遇有州郡淪陷者，則以其舊名僑置於流民所在之所，稱為僑州、郡、縣）琅邪郡治所，在今江蘇句容北。❷琅邪：本郡在今山東境內，這裏指僑置琅邪郡。❸圍：兩手大拇指與食指合攏的圓周長。❹泫（xuàn）然：傷心流淚的樣子。

【翻譯】

桓公北伐，經過金城，見到先前自己任琅邪太守時種下的柳樹，都已有十圍粗細了，感慨地說：「樹木尚且變化這樣大，人怎能經得住歲月的流逝而不衰老呢！」握住樹枝，傷心地流下淚來。

王、謝共登冶城

王右軍與謝太傅共登冶城①。謝悠然遠想，有高世之志。王謂謝曰：「夏禹勤王，手足胼胝；文王旰食②，日不暇給。今四郊多壘③，宜人人自效；而虛談廢務，浮文妨要，恐非當今所宜。」謝答曰：「秦任商鞅④，二世而亡，豈清言致患邪？」⑤

【注釋】❶右軍：即右軍將軍。魏晉南北朝期間，設置左右前後各將軍，但非常設，也非實際領兵之官。王右軍：即王羲之，東晉琅邪臨沂（今屬山東）人，字逸少，曾任右軍將軍、會稽內史，世稱「王右軍」。太傅：官名，本為輔佐國君的官員，漢代以後逐漸變為大官的加銜，不甚有實權。謝太傅：即謝安，東晉陳郡陽夏（今河南太康）人，字安石。位至宰相，力主抗拒外族南侵，取得淝水之戰的勝利，並收復北方部分失地。冶城：相傳春秋時吳王夫差（一說三國吳）冶鑄於此，所以叫冶城。故址在今江蘇南京朝天宮一帶。❷旰（gàn）食：晚食。❸壘：軍營四周築起的堡壘。❹商鞅：戰國時衛國人，也稱衛鞅。任秦孝公相，封於商，曾兩次變法，奠定了秦國富強的基礎。❺清言：也稱清談、玄談，指魏晉期間崇尚老莊、談論玄理的一種風氣。

【翻譯】

王右軍與謝太傅一道登上冶城。謝太傅瀟灑地凝神遐想，有超世脱俗的心意。王右軍對他説：「夏禹為國事辛勞，連手腳都長滿了老繭；周文王忙得無法按時吃飯，每日裏沒有一點兒空閒的時間。如今整個國家都處於戰亂之中，人人都應當貢獻力量；如果一味空談而荒廢政務，崇尚浮文而妨礙國事，恐怕不是現在該做的事吧。」謝太傅回答説：「秦國任用商鞅，只傳了兩代就滅亡了，難道也是清談導致的禍患嗎？」

寒雪日內集

謝太傅寒雪日內集，與兒女講論文義。俄而雪驟，公欣然曰：「白雪紛紛何所似？」兄子胡兒曰①：「撒鹽空中差可擬。」兄女曰②：「未若柳絮因風起。」公大笑樂。即公大兄無奕女③，左將軍王凝之妻也④。

【注釋】❶胡兒：即謝朗，字長度，小字胡兒，謝安次兄謝據的長子，官至東陽太守。❷兄女：指謝道韞，名韜元，字道韞，聰明而有才識，有詩文傳於世。❸無奕：即謝奕，字無奕，謝安的長兄，官至豫州刺史。❹左將軍：即左軍將軍。參見P35注❶「右軍」注。王凝之：東晉琅邪臨沂（今屬山東）人，字叔平，王羲之第二子，曾任江州刺史、左軍將軍。

【翻譯】

謝太傅在一個大雪天裏，聚集家人，給子姪們講論作文章的道理。不一會兒雪下大了，謝太傅興致勃勃地問：「這揚揚灑灑的白雪像甚麼東西呢？」姪子胡兒說：「把鹽撒到空中大概可以比擬吧。」姪女道韞說：「還不如比作柳絮隨風而起。」謝太傅大笑，十分高興。道韞便是謝太傅長兄無奕的女兒，左軍將軍王凝之的妻子。

欲者不多

晉武帝每餉山濤恆少①，謝太傅以問子弟，車騎答曰②：「當由欲者不多，而使與者忘少。」

【注釋】❶晉武帝：即司馬炎，河內溫縣（今河南溫縣西）人，字安世，司馬昭之子。繼其父任相國，專國政；代魏稱帝後，滅吳，統一中國。山濤：魏末晉初河內懷縣（今河南武涉西）人，字巨源，「竹林七賢」之一，曾任吏部尚書、尚書右僕射。❷車騎（jì）：將軍的名號。這裏指謝玄，東晉陳郡陽夏（今河南太康）人，字幼度，小字遏，謝安之姪。曾率軍抵禦前秦，在淝水大敗苻堅，並進而收復北方失地，死後追贈車騎將軍。

【翻譯】

晉武帝每次賜給山濤物品總是很少，謝太傅問子姪們如何看待這件事，車騎將軍謝玄回答說：「這該是收受的人不想要得多，因而使賜給的人也不覺得所賜太少。」

山陰道上行

王子敬云①：「從山陰道上行②，山川自相映發，使人應接不暇。若秋冬之際，尤難為懷。」

【注釋】❶王子敬：東晉琅邪臨沂（今屬山東）人，名獻之，字子敬，王羲之第七子，曾任建威將軍、吳興太守、中書令。❷山陰：東晉會稽郡治所，在今浙江紹興。

【翻譯】

王子敬說：「在山陰的道路上走，山川景色交相輝映，使人目不暇接。如果到了秋冬之交的時節，就更加優美得令人難以禁受啦。」

芝蘭玉樹

謝太傅問諸子姪：「子弟亦何預人事①，而正欲使其佳？」諸人莫有言者，車騎答曰：「譬如芝蘭玉樹②，欲使其生於階庭耳。」

【注釋】❶預：關涉，關係到。❷芝：通「芷」，香草名。

【翻譯】

謝太傅問子姪們：「後輩的事又同長輩有多少關係呢，而長輩們卻一心只想到要他們好？」大家都沒有說話，車騎將軍謝玄回答說：「這就好像芷蘭玉樹，人人都希望它能生長在自家的庭院裏呀。」

滓穢太清

司馬太傅齋中夜坐①，于時天月明淨，都無纖翳②，太傅歎以為佳。謝景重在坐③，答曰：「意謂乃不如微雲點綴。」太傅因戲謝曰：「卿居心不淨④，乃復強欲滓穢太清邪？」⑤

【注釋】❶太傅：這裏指太子太傅，職守為輔導太子。司馬太傅：即司馬道子，東晉河內溫縣（今河南溫縣西）人，字也叫道子，簡文帝第五子，初封琅邪王，後改封會稽王，曾代表皇族勢力執掌朝政。❷都：全，全然。纖翳（yì）：微小的塵障。❸謝景重：東晉陳郡陽夏（今河南太康）人，名重，字景重，官至驃騎長史。坐：同「座」。❹卿：你。❺太清：天空。古人認為天是既清又輕的氣體構成的，所以稱天空為太清。

【翻譯】

司馬太傅夜間坐在書房中，這時天空淨朗，月光明徹，連一絲陰雲都沒有，太傅連聲讚歎好景色。謝景重在座，答話說：「我認為還不如有一些雲點綴一下來得更好。」太傅於是同他開玩笑說：「你自己心裏不清淨，竟還想強行玷污天空嗎？」

丞相初營建康

宣武移鎮南州①，制街衢平直。人謂王東亭曰②：「丞相初營建康③，無所因承，而制置紆曲，方此為劣。」東亭曰：「此丞相乃所以為巧。江左地促④，不如中國⑤。若使阡陌條暢，則一覽而盡；故紆餘委曲，若不可測。」

【注釋】❶宣武：即桓溫。東晉譙國龍亢（今安徽懷遠西）人，字元子。曾任荊州刺史，晉穆帝永和十二年（356）率軍收復洛陽，後廢海西公立簡文帝，以大司馬專擅朝政。晚年圖謀廢晉自立，事未及成而死，謚宣武侯。南州：即姑孰（今安徽當塗），在京都建康西南。東晉時屬揚州，桓溫原來領兵在赭圻（今安徽繁昌西），後為揚州牧，於是移去鎮守姑孰。❷王東亭：即王珣，東晉琅邪臨沂（今屬山東）人，字元琳，丞相王導之孫，曾任桓溫主簿、尚書左僕射，封東亭侯。❸丞相：指王導，東晉琅邪臨沂（今屬山東）人，字茂弘。西晉末年為司馬睿獻策移鎮建康；東晉建立後任丞相，歷仕元、明、成三帝，穩定了東晉在南方的統治。建康：東晉京都，即今江蘇南京。❹江左：古人在地理位置上坐北面南，以東為左，以西為右，所以江東又名江左。參見 P29 注❸。❺中國：泛指黃河流域一帶中原地區。

【翻譯】

桓宣武移去鎮守南州時，規劃的街道很平直。有人對王東亭說：「王丞相開始籌劃建康城時，沒有可供承襲的現成東西，街道規劃建造得迂回曲折，比起這裏來就要差了。」王東亭說：「這正是丞相安排巧妙的地方。江南一帶地面狹窄，比不得中原地區。如果讓街道平直暢達，那就一覽無餘了；所以修建得輾轉曲折，就像是深不可測一樣。」

三　政事

魏晉政界的風氣，一般是崇尚清言，不務實事的。王濛、劉惔與支遁看望何充，何充正看文書，不理睬他們。王濛說：「我今故與林公來相看，望卿擺撥常務，應對玄言，哪得方低頭看此邪？」這種不務實的風氣，頗受後人譏諷，但在當時人，卻有他們的苦衷：一是仕途由家世決定，是否勤勉無關宏旨；二是大族爭鬥激烈，過於認真反有激化矛盾的可能，給自己增添麻煩。總之，魏晉時勤於政事者如何充、陶侃等人可謂鳳毛麟角，《世說新語》全書一千一百餘條，本門類僅佔二十六條，由此可見一斑。

這二十六條中，有一部分屬於傳統的仁政，如王承不追究盜魚小吏，不懲辦犯夜學子等。另有相當部分，則是當時政治條件下所特有的施政方式，其中最為典型的，是王導的政績。王導是東晉初年的丞相，在建立東晉的過程中起過決定性作用。其政績優劣，後世頗多爭議，而王導對自己的評語則是：「人言我憒憒，後人當思此憒憒。」

憒憒，即糊塗，王導一生事業，就在於穩定東晉偏安局面，調和大族間的矛盾。為了達到這一目的，他採取了事從簡易、無為而治的辦法，用今天的話説，就是裝糊塗，多一事不如少一事。他的一生是功是過，有待於後人詳細地作出總結，但他的施政方針，確實是從東晉社會的實際情況出發的。我們現在來閱讀《政事》門，也應同東晉政治歷史的實際情況聯繫起來，從而作出較為公允的評價。

陳元方答袁公

陳元方年十一時①，候袁公②。袁公問曰：「賢家君在太丘③，遠近稱之，何所履行？」元方曰：「老父在太丘④，強者綏之以德，弱者撫之以仁，恣其所安，久而益敬。」袁公曰：「孤往者嘗為鄴令⑤，正行此事。不知卿家君法孤⑥，孤法卿父？」元方曰：「周公、孔子⑦，異世而出，周旋動靜⑧，萬里如一。周公不師孔子，孔子亦不師周公。」

【注釋】❶陳元方：東漢潁川許昌（今河南許昌東）人，名紀，字元方，陳寔之子。❷袁公：未詳何人。❸賢家君：對對話人父親的尊稱。下文「卿家君」同。太丘：地名，治所在今河南永城西北。這裏指陳寔。寔：字仲弓，曾任太丘長，世稱「陳太丘」。❹老父：陳寔此時三十六歲，但魏晉期間已可稱老：元方稱之為老父，還含有尊敬的意味。❺孤：古代侯王對自己的謙稱。鄴：縣名，治所在今河北臨漳西南。❻卿：你。❼周公：西周初年政治家，姓姬，名旦，周武王之弟。相傳周代的禮樂制度都是他制定的。子：姓氏或名字後加「子」，表示尊重。❽周旋：應酬，交往。動靜：這裏指活躍社會與安定社會的做法。

【翻譯】

陳元方十一歲時，去拜訪袁公。袁公問他：「你父親在太丘時，遠近的人們都稱讚他，他做了些甚麼事啊？」元方回答說：「老父在太丘時，性格剛強的人用德行去安定他們，性格軟弱的人用仁慈去愛撫他們，讓他們順心地過着安樂的生活，時間越長，大家越是尊敬他。」袁公說：「我過去做鄴縣縣令時，正是這樣做的。不知是你父親效法我的呢，還是我效法你父親的？」元方說：「周公和孔子，是不同時代的人，雖然相隔很遠，但是他們為官處世的做法卻是一致的。周公沒有效法孔子，孔子也沒有效法周公。」

小吏盜池中魚

王安期為東海郡①，小吏盜池中魚，綱紀推之②。王曰：「文王之囿③，與眾共之。池魚復何足惜！」

【注釋】❶王安期：晉太原晉陽（今山西太原西南）人，名承，字安期，曾任東海太守（此據《晉書・王承傳》說，劉孝標《世說新語注》引《名士傳》認為是東海內史）、元帝鎮東府從事中郎。東海：郡名，治所在今山東郯（tán）城北。❷綱紀：這裏指郡主簿。❸囿（yòu）：天子諸侯養禽獸的地方。

【翻譯】

王安期擔任東海太守時，有一名小吏偷了池塘中的魚，郡主簿要查究這件事。王安期說：「周文王打獵的苑囿，與人們共同享用。池塘中魚又有甚麼值得吝惜的呢！」

吏錄犯夜人

王安期作東海郡，吏錄一犯夜人來。王問：「何處來？」云：「從師家受書還，不覺日晚。」王曰：「鞭撻寧越以立威名①，恐非致理之本。」②使吏送令歸家。

【注釋】❶寧越：戰國時趙國人，原為中牟（今河南鶴壁西）農民，因努力求學，十五年而成為周威公之師。這裏作為刻苦讀書者的代稱。❷理：即「治」，太平。唐代因避高宗李治的名諱而改。

【翻譯】

王安期擔任東海太守時，有一次差役拘捕了一名觸犯夜行禁令的人來。王安期問他：「從甚麼地方來？」那人說：「從老師家裏聽完講課回來，不覺天已經晚了。」王安期說：「鞭打同寧越一樣的讀書人來樹立聲威，恐怕不是達到太平安定的根本辦法。」於是便讓差役送那人回家。

陸太尉詣事

陸太尉詣王丞相諮事①，過後輒翻異。王公怪其如此，後以問陸。陸曰：「公長民短②，臨時不知所言，既後覺其不可耳。」

【注釋】❶太尉：官名，秦至西漢設置，為全國軍政首腦。晉代為加官，無實權。陸太尉：即陸玩，晉吳郡吳縣華亭（今上海松江）人，字士瑤，曾任侍中、尚書左僕射、尚書令，死後追贈太尉。王丞相：即王導，東晉琅邪臨沂（今屬山東）人，字茂弘。西晉末年為司馬睿獻策移鎮建康；東晉建立後任丞相，歷仕元、明、成三帝，穩定了東晉在南方的統治。❷公：對人的尊稱。長、短：這裏指名位的尊卑高低。民：處於被統轄地區的官民，對地方長官說話時，自稱為民，即使是地位顯赫的官員也不例外。此時陸玩為尚書左僕射，王導為丞相兼領揚州刺史，所以陸玩自稱為民。

【翻譯】

陸太尉有事到王丞相那裏去徵詢意見，過後又往往不按商定的辦。王公對他這樣做感到很奇怪，後來就用這事問陸。陸說：「您的地位高，我的地位低，當時不知該說甚麼是好，可過後又覺得那樣做並不妥當。」

丞相末年

丞相末年，略不復省事，正封籙諾之①。自歎曰：「人言我憒憒②，後人當思此憒憒。」

【注釋】❶封：即封事，一種密封的奏章。籙（lù）：指文書。諾：指在文書上批示許可。❷憒憒：昏庸，糊塗。

【翻譯】

王丞相晚年時，通常已不再處理政務，只是在奏章文書上加批許可的字樣。他自己感歎地說：「別人說我糊塗，但後人一定會懷念我這樣的糊塗。」

陶公性檢厲

陶公性檢厲①，勤於事。作荊州時②，敕船官悉錄鋸木屑，不限多少，咸不解此意。後正會③，值積雪始晴，聽事前除雪後猶濕，於是悉用木屑覆之，都無所妨④。官用竹，皆令錄厚頭，積之如山。後桓宣武伐蜀⑤，裝船，悉以作釘。又云，嘗發所在竹篙，有一官長連根取之，仍當足⑥，乃超兩階用之。

【注釋】

❶陶公：即陶侃，晉廬江尋陽（今江西九江）人，字士行，曾任荊州刺史、廣州刺史、都督八州軍事，封長沙郡公。❷荊州：州名，治所在今湖北荊州。❸正（zhēng）會：元旦（農曆正月初一，即今春節）集會。❹都：全，全然。❺桓宣武：即桓溫。伐蜀：晉惠帝時，李雄據蜀稱帝（史稱成國），傳至李勢，日益衰落。晉穆帝永和二年（346），桓溫率師西伐，第二年春天滅之。❻仍：因而，於是。

【翻譯】

陶公生性嚴肅認真，辦事勤勉。擔任荊州刺史時，命令監造船隻的官員將鋸木屑無論多少都收集起來，大家都不理解他的用意。後來到了元旦集會時，正好遇上接連大雪之後天剛放晴，官府大堂前的台階上仍然很潮濕，於是全用鋸木屑覆蓋在上面，走路時一點困難也沒有。官府用毛竹時，他總是叫人把斫下的厚的一頭收集起來，堆積得像山一樣高。後來桓宣武討伐西蜀時，要裝備船隻，便把這些竹頭全都用來做成竹釘。又聽説，他曾在自己管轄的地區徵調竹篙，有一名官員把毛竹連根取來，用竹根代替竹篙上的鐵足，他便把這名官員連升兩級任用。

共看何驃騎

王、劉與林公共看何驃騎①，驃騎看文書不顧之。王謂何曰：「我今故與林公來相看，望卿擺撥常務②，應對玄言③，那得方低頭看此邪？」何曰：「我不看此，卿等何以得存？」諸人以為佳。

【注釋】❶王：指王濛，東晉太原晉陽（今山西太原西南）人，字仲祖，曾任長山令、司徒左長史。劉：指劉惔（dàn），東晉沛國相（今安徽濉溪西北）人，字真長，曾任司徒左長史、侍中、丹陽尹。林公：當為「深公」之誤，下文「林公」同。深公即竺道潛，東晉琅邪（治所在今山東臨沂北）人，本姓王，字法深。年十八出家，與王導、庾亮友善，後避世隱居剡山。林公指支遁，東晉陳留（治所在今河南開封市南）人，本姓關，名遁，字道林。年二十五出家，好談玄理，與謝安、王羲之等友善。據程炎震《世說新語箋注》說，東晉康帝時（343—344），何充任驃騎將軍輔佐國政，支遁尚未到京都；而何充卻同深公來往密切，把他當作老師看待。驃騎（piào jì）：將軍的名號。何驃騎：即何充，東晉廬江灊（qián）縣（今安徽霍山北）人，字次道，曾任驃騎將軍、揚州刺史。❷卿：你。❸玄言：精微玄妙之言，這裏指玄學的言論。

【翻譯】

王濛、劉惔同深公一道去看望驃騎將軍何充，何驃騎正在翻閱公文，沒有答理他們。王濛對何充說：「我們今天特意同深公來看望你，希望你能丟開手頭的事務，和我們共同談談精微的玄理，哪能在這時候埋頭看這些東西呢？」何充說：「我如果不看這些東西，你們這些人又怎麼能夠得到保全？」大家聽了，都覺得他的話說得非常好。

四　文學

《世說新語》時代的文學概念與今天不盡相同，它事實上是學術與文學的總稱。漢末以來，隨着人的思想情性的解放，直接表現人物個性情感的文學，也日益受到人們的重視，逐步走向獨立，正如魯迅所說，「文的自覺」的時代開始了（《魏晉風度及文章與藥及酒之關係》）。所以《文學》門把學術與文學分成兩個部分，以「七步中作詩」為界，前此為學術，此後為文學。

學術部分包括儒學、名理學、玄學、佛學，而以玄學為主。從中可以較為清楚地看出魏晉之際學術思想的演變過程、魏晉玄學的發展脈絡以及玄學與其他學術之間的關係，是研究魏晉玄學的重要資料。其中還有關於士人學術活動的描寫，如孫盛與殷浩討論玄學義理，「往反精苦……至莫忘食」，最後脫口相罵，十分傳神。褚裒與孫盛討論南北士人學風的不同，把學術研究與地理條件聯繫起來，對後代也很有啟發。從文學部分則可以看出時人對文學特性的認識正日趨深入，如文與筆的分稱，體現了魏晉文體論的發展；「要作金石聲」條，談到了自然聲律與正在興起的聲律論之間的聯繫區別；「都下紙貴」條，批評了「事事擬學」的大賦；「孫子荊除婦服」條涉及作者、作品與讀者之間的情感交流關係，這些都是十分重要的文學理論問題，為今人研究魏晉文學的發展提供了珍貴的資料。

奴婢皆讀書

鄭玄家奴婢皆讀書①。嘗使一婢，不稱旨，將撻之。方自陳說，玄怒，使人曳箸泥中②。須臾，復有一婢來，問曰：「胡為乎泥中？」③答曰：「薄言往訴，逢彼之怒。」④

【注釋】❶鄭玄：東漢北海高密（今屬山東）人，字康成。曾聚徒講學，遍注羣經，是漢代經學的集大成者。❷箸（zhuó）：也寫作「著」，是「着」字的本來寫法。放在動詞後面，含有「在」、「到」等意義。❸胡為乎泥中：《詩・鄘風・式微》中的句子。「泥中」本是衛地城邑名，這裏借用來表示泥水之中。❹薄、言：《詩經》中的助詞，無實在意義。薄言往訴，逢彼之怒：《詩・鄁風・柏舟》中的句子。

【翻譯】

鄭玄家中的奴婢都讀古代的詩書。有一次他使喚一名婢女，不合心意，準備鞭打她。婢女還要解釋，鄭玄發怒，讓人把她拖到泥水中去。過了片刻，又有一名婢女過來，問道：「為甚麼在泥水之中呢？」她回答説：「我去向他陳訴，適逢他在發怒。」

服虔善《春秋》

服虔既善《春秋》①，將為注，欲參考同異。聞崔烈集門生講傳②，遂匿姓名，為烈門人賃作食。每當至講時，輒竊聽戶壁間。既知不能逾己，稍共諸生敍其短長。烈聞，不測何人，然素聞虔名，意疑之。明蚤往③，及未寤，便呼：「子慎！子慎！」虔不覺驚應，遂相與友善。

【注釋】❶服虔：東漢河南滎（xíng）陽（今河南滎陽東北）人，字子慎，曾任九江太守，著有《春秋左氏傳解誼》。《春秋》：春秋時期魯國史官記載的編年體史書，相傳經過孔子的修訂，成了儒家的經典之一。❷崔烈：東漢涿郡安平（今屬河北）人（此據《後漢書・崔駰傳》），字威考，曾任司徒、太尉。傳（zhuàn）：解說經義的文字。《春秋》有三傳，即《左傳》、《公羊傳》、《穀梁傳》。崔氏世傳《左傳》。❸蚤：通「早」。

【翻譯】

服虔精通《春秋》之後，將要給它作注，想參考其他人相同或不同的意見。聽說崔烈聚集學生在講解《春秋》傳，便隱姓埋名，受僱替崔烈的學生做飯。每次到崔烈講解時，總是在門外偷聽。在了解到崔烈並不能超過自己之後，他才漸漸地同學生們談論起崔烈講解的長處與短處。崔烈聽到這件事後，猜想不出這是甚麼人，然而平素就聽説過服虔的聲名，心裏懷疑是他。第二天一早前去拜訪，趁着服虔尚未醒來，便連聲喊道：「子慎！子慎！」服虔不覺驚醒答應，於是相互成了要好的朋友。

鍾會撰《四本論》

鍾會撰《四本論》始畢①，甚欲使嵇公一見②。置懷中，既詣③，畏其難，懷不敢出；於戶外遙擲，便回急走。

【注釋】❶鍾會：字士季，官至司徒。《四本論》：討論才性同異的文章。四本指的是才性同、才性異、才性合、才性離。❷嵇公：即嵇康，三國魏譙郡銍（今安徽宿州）人，字叔夜，「竹林七賢」之一。曾任中散大夫，世稱「嵇中散」，後遭鍾會構陷，被司馬昭所殺。❸既詣：袁氏本《世説新語》作「既定」，現據《太平御覽》卷三百九十四引《世説》改。

【翻譯】

鍾會撰寫《四本論》剛完，很想讓嵇公看一看。把它帶在懷中，到了嵇公住處，又害怕他駁難，不敢拿出來；後來從門外遠遠地扔進去，隨即掉頭快步跑開了。

衛玠問樂令夢

衛玠總角時①，問樂令夢②，樂云：「是想。」衛曰：「形神所不接而夢③，豈是想邪？」樂云：「因也④。未嘗夢乘車入鼠穴、擣虀啖鐵杵⑤，皆無想無因故也。」衛思「因」經日不得，遂成病。樂聞，故命駕為剖析之，衛即小差⑥。樂歎曰：「此兒胸中當必無膏肓之疾。」⑦

【注釋】❶衛玠：西晉河東安邑（今山西夏縣西北）人，字叔寶，官至太子洗馬。❷令：指尚書令，官名，本為屬官，掌章奏文書，自漢武帝開始職權漸重，至魏晉以後已成為實際上的宰相。

樂令：即樂廣，西晉南陽淯陽（今河南南陽）人，字彥輔，衛玠岳父，官至尚書令。❸形神：這裏指人的形體與精神。❹因：這裏有「依據」的意思。❺韲（jī）：製成細末的醃菜。搗韲：古代製韲的一種方式。❻差（chài）：病癒，同「瘥」。❼膏肓（huāng）：古代醫學稱心臟下部為膏，膈膜為肓，是針藥之力無法達到的部位，因此把難以治療的嚴重病情稱為膏肓之疾。當必無膏肓之疾：意思是衛玠有疑必求剖釋，不致積成心病。

【翻譯】

衛玠還是孩童時，問樂令人為甚麼會做夢，樂令說：「因為有所思。」衛玠說：「靈魂離開了肉體而形成夢，難道是有所思的緣故嗎？」樂令說：「是說有所依據。沒有誰做這樣的夢：乘車進了老鼠洞、搗醃菜時吃下了鐵棒槌，都是無所依據因而無所思的緣故。」於是衛玠整日思考甚麼叫做「依據」，想不出結果，最終生了病。樂令聽說後，特意讓人備車親自去為衛玠分析解說，衛玠的病才稍有好轉。樂令讚歎地說：「這孩子心中以後一定不會積有大病。」

向、郭二《莊》

初，注《莊子》者數十家①，莫能究其旨要。向秀於舊注外為解義②，妙析奇致，大暢玄風。唯《秋水》、《至樂》二篇未竟而秀卒。秀子幼，義遂零落，然猶有別本。郭象者③，為人薄行，有俊才。見秀義不傳於世，遂竊以為己注。乃自注《秋水》、《至樂》二篇，又易《馬蹄》一篇，其餘眾篇，或定點文句而已。後秀義別本出，故今有向、郭二《莊》，其義一也。

【注釋】❶《莊子》：書名，也稱《南華經》，道家經典之一，戰國時期莊周及其後學編著。下文《秋水》、《至樂》、《馬蹄》均為《莊子》一書中的篇名。❷向秀：魏晉期間河內懷縣（今河南武涉西南）人，字子期，「竹林七賢」之一，曾任黃門侍郎、散騎常侍。❸郭象：西晉河南郡（治所在今河南洛陽東北）人，字子玄，曾任黃門侍郎、太傅主簿。

【翻譯】

當初，給《莊子》一書作注的有幾十家，沒有誰能深探它的要旨。向秀在舊注之外重新解析它的義理，說解精妙而有奇特的理趣，深刻闡明了道家義理的幽微涵義。只是《秋水》與《至樂》兩篇尚未完成向秀便死了。這時向秀的兒子還很小，注解因而散失了，但是還有其他的抄本。郭象這個人，品行輕薄，但才智出眾。他看見向秀的注解沒有在社會上流傳，便剽竊來作為自己的注釋。於是自己注釋了《秋水》、《至樂》兩篇，又改換了《馬蹄》一篇，其餘各篇只不過時而增删字句寫成定本而已。後來向秀注解的其他抄本流傳開來，所以現在有向秀、郭象兩種《莊子》注，它們的意思卻是一樣的。

三語掾

阮宣子有令聞①，太尉王夷甫見而問曰②：「老莊與聖教同異？」③對曰：「將無同？」④太尉善其言，辟之為掾⑤。世謂「三語掾」⑥。衛玠嘲之曰：「一言可辟，何假於三？」宣子曰：「苟是天下人望，亦可無言而辟，復何假一？」遂相與為友。

【注釋】❶阮宣子：西晉陳留尉氏（今屬河南）人，名脩，字宣子，曾任鴻臚卿、太子洗馬。此條《晉書》認為是阮瞻、王戎二人之事。見《晉書・阮瞻傳》。❷太尉：官名，秦至西漢設置，為全國軍政首腦。晉代為加官，無實權。王夷甫：西晉琅邪臨沂（今屬山東）人，名衍，字夷甫，歷任中書令、尚書令、司徒、司空、太尉等要職。❸老：指老子，姓李，名耳，字伯陽。莊：指莊子，戰國宋蒙（今河南商丘東北）人，名周，是道家學派的重要代表人物。❹將無：表示測度的語氣詞，相當於莫非、恐怕、大概。❺掾（yuàn）：屬官的通稱。❻三語掾：指用三個字（「將無同」）回答而得到的掾屬官。

【翻譯】

阮宣子有美好的聲譽，太尉王夷甫遇見他問道：「老莊的義理和儒家聖人的教誨，有甚麼相同與不同的地方？」阮宣子回答說：「恐怕差不多吧？」太尉很讚賞他的話，任命他為掾屬。當時的人便把他叫作「三語掾」。衛玠嘲諷他說：「只要一個字就能任官，何必要借助三個字呢？」阮宣子說：「如果是天下共同敬仰的人，不說話也能任官，又何必要借助一個字呢？」於是相互成了好朋友。

殷中軍下都

殷中軍為庾公長史①，下都②，王丞相為之集③，桓公、王長史、王藍田、謝鎮西並在④。丞相自起解帳帶麈尾⑤，語殷曰：「身今日當與君共談析理。」⑥既共清言⑦，遂達三更。丞相與殷共相往反⑧，其餘諸賢，略無所關。既彼我相盡，丞相乃歎曰：「向來語，乃竟未知理源所歸。至於辭喻不相負，正始之音⑨，正當爾耳！」明旦，桓宣武語人曰：「昨夜聽殷、王清言，甚佳，仁祖亦不寂寞，我亦時復造心，顧看兩王掾⑩，輒翣如生母狗馨。」⑪

【注釋】❶中軍：即中軍將軍，晉代開始設置，通常由權臣擔任。殷中軍：即殷浩，東晉陳郡長平（今河南西華東北）人，字淵源，歷任建武將軍、揚州刺史、中軍將軍、都督五州軍事等要職。庾公：即庾亮。長（zhǎng）史：太尉、司徒、司空等高級官員的屬官，為幕僚長，職任頗重。魏晉以後，州郡長官凡帶有將軍稱號開府者，也設長史。❷下都：從長江上游往下游來到京都建康（今江蘇南京）。❸王丞相：即王導。❹桓公：即桓溫。王長史：即王濛。王藍田：即王述，東晉太原晉陽（今山西太原西南）人，字懷祖，曾任揚州刺史、尚書令，襲爵藍田侯。謝鎮西：即謝尚，東晉陳郡陽夏（今河南太康）人，字仁祖，曾任鎮西將軍、豫州刺史。❺麈尾：一種形狀類似羽扇的物件，柄之左右飾以麈尾之毛。魏晉期間，善於清談的名士多執麈尾，在談論時用來比劃並增美自己的儀容。❻身：第一人稱代詞，相當於我，晉人多自稱為身。君：您。❼清言：也稱清談、玄談，指魏晉期間崇尚老莊、談論玄理的一種風氣。❽反：同「返」。❾正始：三國魏齊王曹芳的年號（公元240—249）。正始之音：指魏晉之際崇尚玄學清談的風尚言論。❿兩王掾：指王濛、王述。⓫翣（shà）：通「澀」，羞澀（據恩田仲任輯《世說音釋》說）。馨：詞尾，表示「……的樣子」。

【翻譯】

殷中軍任庾公長史時，來到京都，王丞相為他舉行集會，桓公、王長史、王藍田、謝鎮西都在座。王丞相親自起身解下掛在帳帶上的麈尾，對殷說：「我今天要與您一道談論、辯析玄理。」交談開始之後，一直延續到三更時分。王丞相同殷中軍反復辯難，其他各位插也插不進去。等到雙方論點擺完之後，王丞相便感慨地說：「方才說了許多話，竟然還是沒有弄清義理的根本到底在哪裏。至於言詞所要表達的意思同所用的譬喻貼切無間，正始年間的辯言析理，正該是這樣啊。」第二天早晨，桓宣武對人說：「昨天夜裏聽殷中軍、王丞相二人清談，非常精妙，當時謝仁祖也有所表現，我也時有會心之處，回頭看看兩位姓王的掾屬，卻一直像是見不得人的母狗那樣羞澀發愣。」

南北人學問

褚季野語孫安國云①：「北人學問②，淵綜廣博。」孫答曰：「南人學問，精通簡要。」支道林聞之③，曰：「聖賢固所忘言。自中人以還，北人看書，如顯處視月；南人學問，如牖中窺日。」

【注釋】❶褚季野：東晉河南陽翟（今河南禹州）人，名裒（póu），字季野，官至征北大將軍。孫安國：東晉太原中都（今山西平遙西北）人，名盛，字安國，官至秘書監，加給事中。❷北：指黃河以北，下文「南」指黃河以南。❸支道林：東晉陳留（治所在今河南開封市南）人，本姓關，名遁，字道林。年二十五出家，好談玄理，與謝安、王羲之等友善。

【翻譯】

褚季野對孫安國說：「北方人做學問，深廣淵博而能兼收並蓄。」孫安國回答說：「南方人做學問，透徹通達而能簡明扼要。」支道林聽後說：「聖賢本來就是心中有數卻想不到去表達的。就中等才質以下的人來看，北方人看書，有如在顯豁之處看月亮，視野雖廣，但很難周詳；南方人做學問，有如在窗戶裏邊看太陽，視野雖狹，但較易精細。」

麈尾脱落

孫安國往殷中軍許共論，往反精苦①，客主無間。左右進食，冷而復暖者數四。彼我奮擲麈尾，悉脱落滿餐飯中，賓主遂至莫忘食②。殷乃語孫曰：「卿莫作強口馬，我當穿卿鼻！」③孫曰：「卿不見決鼻牛，人當穿卿頰！」

【注釋】❶反：同「返」。苦：表示某事進行的程度很深。❷莫：同「暮」。❸卿：你。

【翻譯】

孫安國到殷中軍的住所共同談論玄理，相互辯難竭盡心力，為客為主的兩方均無漏誤之處。侍者送上食物，擺冷後又重新熱過連續有好幾次。雙方用力揮動麈尾，以致麈毛全都脫落到飯菜中，賓主二人一直到日落時分也沒有想起吃飯。殷中軍便對孫安國說：「你不要當執拗的烈馬，我一定會穿透你的鼻子！」孫安國說：「你難道沒見過豁了鼻子的牛，我一定要穿透你的面頰！」

善人少惡人多

殷中軍問：「自然無心於稟受①，何以正善人少，惡人多？」諸人莫有言者。劉尹答曰②：「譬如寫水著地③，正自縱橫流漫，略無正方圓者。」一時絕歎，以為名通④。

【注釋】❶自然：天然，即道家認為生成萬物的大自然。稟受：指人從大自然那裏接受品性資質。
❷尹：晉代郡長官一般稱太守，但京都所在地的郡長官稱為尹。西晉有河南尹，東晉有丹

陽尹。劉尹：即劉惔。❸寫：同「瀉」。著：是「着」字的本來寫法。放在動詞後面，含有「在」、「到」等意義。❹通：通暢，指解說玄理沒有滯礙不暢之處。

【翻譯】

殷中軍問：「大自然並沒有存心讓人接受各種不同的品性資質，但為甚麼恰恰是好人少，壞人多？」聽眾沒有一個能解說的。劉尹回答說：「這就好比把水倒在地上，只是四處流淌漫延，沒有那恰好是規規矩矩形狀的。」一時間大家都極為嘆服，認為是至理名言。

官本是臭腐

人有問殷中軍：「何以將得位而夢棺器，將得財而夢矢穢？」①殷曰：「官本是臭腐，所以將得而夢棺屍；財本是糞土，所以將得而夢穢污。」時人以為名通。

【注釋】❶矢：通「屎」。

【翻譯】

有人問殷中軍：「為甚麼將要得到官位時就會夢見棺材，將要得到錢財時就會夢見糞便？」殷中軍說：「官位本是腐臭的東西，所以將要得到時就會夢見棺材屍體；錢財本是糞土一樣的東西，所以將要得到時就會夢見污濁骯髒。」當時的人都認為這是至理名言。

七步作詩

文帝嘗令東阿王七步中作詩①，不成者行大法。應聲便為詩曰：「煮豆持作羹②，漉菽以為汁。萁在釜下然③，豆在釜中泣；本自同根生，相煎何太急！」帝深有慚色。

【注釋】❶文帝：指魏文帝曹丕。東阿王：即曹植，曹丕同母弟，字子建，曾封為東阿王，後進封陳王，死後謚為思，世稱「陳思王」。早年曾以文才受父曹操寵愛，後備受曹丕父子猜忌，鬱悶而死。❷羹：參見P29注❹「蒓羹」注。❸萁（qí）：豆莖。然：同「燃」。

【翻譯】

魏文帝曾經命令弟弟東阿王在走七步路的時間內作出一首詩，做不成的話便要殺掉他。東阿王隨聲便作了一首詩：「煮熟豆子做成羹，濾去豆瓣留下汁。豆萁在鍋下燃燒，豆子在鍋中哭泣；本來就是同根生長，相互煎熬為何這般緊急！」魏文帝十分慚愧。

潘文樂旨

樂令善於清言①，而不長於手筆。將讓河南尹②，請潘岳為表③。潘云：「可作耳，要當得君意。」④樂為述己所以為讓，標位二百許語⑤。潘直取錯綜，便成名筆。時人咸云：「若樂不假潘之文，潘不取樂之旨，則無以成斯矣。」

【注釋】❶樂令：即樂廣。清言：也稱清談、玄談，指魏晉期間崇尚老莊、談論玄理的一種風氣。❷尹：晉代郡長官一般稱太守，但京都所在地的郡長官稱為尹。河南尹：河南郡（治所在今河南洛陽市東北）的行政長官。❸潘岳：西晉滎（xíng）陽中牟（今屬河南）人，字安仁。曾任河陽令、著作郎、給事黃門侍郎，後被司馬倫及孫秀所殺。❹君：您。❺標位：書寫。許：用在數詞或數量詞後面，表示大體相當的約數。

【翻譯】

樂令善於清談，卻不擅長寫文章。他想要辭去河南尹的職務，請潘岳代寫一道奏章。潘岳說：「可以代寫，但總歸要先知道您的意思。」樂令便對他講了自己之所以辭讓的原因，寫了二百來字的提綱。潘岳取過來徑加綜合安排，便成了一篇名文。當時的人都說：「如果樂不借助潘的文才，潘不採用樂的意旨，就無法寫成這樣的好文章。」

孫子荊除婦服

孫子荊除婦服①，作詩以示王武子②。王曰：「未知文生於情，情生於文③？覽之淒然，增伉儷之重。」

【注釋】❶孫子荊：晉太原中都（今山西平遙西南）人，名楚，字子荊，曾任左著作郎、馮翊太守。❷王武子：即王濟。❸未知文生於情，情生於文：王濟說這句話的意思是稱讚孫楚的詩文情並茂。

【翻譯】

孫子荊為妻子服喪期滿後，寫詩拿給王武子看。王武子說：「真不知道這文采是由於感情深厚而激發出來的呢，還是這感情由於文采飛揚而呈現出來的？看了之後感到很淒涼，增加了夫婦之間的深情。」

有意無意之間

庾子嵩作《意賦》成①，從子文康見②，問曰：「若有意邪，非賦之所盡；若無意邪，復何所賦？」答曰：「正在有意無意之間。」

【注釋】❶庾子嵩：晉潁川鄢陵（今河南鄢陵西北）人，名敳（ái），字子嵩，曾任吏部郎、豫州長史、東海王司馬越軍諮祭酒。又稱庾中郎、中郎。❷文康：即庾亮。

【翻譯】

庾子嵩寫成《意賦》後，姪兒文康見到了，問道：「如果確有意向的話，不是用賦所能表達得盡的；如果沒有意向的話，又要寫賦做甚麼呢？」庾子嵩回答說：「恰恰是在有意無意之間。」

都下紙貴

庾仲初作《揚都賦》成①，以呈庾亮。亮以親族之懷，大為其名價，云：「可三《二京》②，四《三都》。」③於此人人競寫，都下紙為之貴④。謝太傅云⑤：「不得爾。此是屋下架屋耳，事事擬學，而不免儉狹。」

【注釋】❶庾仲初：晉潁川鄢陵（今河南鄢陵西北）人，名闡，字仲初，曾任彭城內史、散騎侍郎、零陵太守。❷《二京》：即《二京賦》，東漢張衡作，包括《西京賦》、《東京賦》兩篇，分述漢代西京長安、東京洛陽的盛況。❸《三都》：即《三都賦》，西晉左思作，包括《蜀都賦》、《吳都賦》、《魏都賦》三篇，分述三國時蜀都益州、吳都建業、魏都鄴三地的情況。❹都下：京城，這裏指東晉京都建康（今江蘇南京）。❺謝太傅：即謝安。

【翻譯】

庾仲初寫成《揚都賦》後，呈送給庾亮看。庾亮出於同一宗族的情意，給它極高的評價，說：「這篇賦可以同《二京賦》並列而成『三京』，同《三都賦》

並列而成『四都』。」自此以後，人人爭相傳抄，京都的紙價也因此而貴起來。謝太傅說：「不能如此講。這是在高屋之下架屋呀，處處模仿，就免不了規模狹小而顯得偪促。」

張憑作母誄

謝太傅問主簿陸退①：「張憑何以作母誄②，而不作父誄？」退答曰：「故當是丈夫之德③，表於事行；婦人之美，非誄不顯。」

【注釋】❶謝太傅：即謝安。主簿：中央機構及地方官府的屬官，掌管文書簿籍。魏晉以後，為將帥重臣的幕僚長，地位甚重。陸退：東晉吳郡（治所在今江蘇蘇州）人，字黎民，官至光祿大夫。❷張憑：東晉吳郡吳縣（今江蘇蘇州）人，字長宗，陸退岳父，曾任吏部郎、御史中丞。誄（lěi）：一種哀祭文體，敍述死者生前事蹟，表示哀悼。❸故：加強語氣的虛詞，有「當然」、「確實」的意思。丈夫：對成年男子的通稱。

【翻譯】

謝太傅問主簿陸退說：「張憑為甚麼只給亡母作誄文，而沒有給亡父作誄文呢？」陸退回答說：「這當然是因為男子的德行，表現在事業之中；而女子的美德，沒有誄文就無法傳揚開來。」

披錦簡金

孫興公云①：「潘文爛若披錦②，無處不善；陸文若排沙簡金③，往往見寶。」

【注釋】❶孫興公：東晉太原中都（今山西平遙西北）人，名綽，字興公，曾任廷尉卿、領著作，襲爵長樂侯。❷潘：指潘岳。❸陸：指陸機。排：推開，分開。

【翻譯】

孫興公說：「潘岳的詩文光彩燦爛有如鋪開錦緞，沒有一處不好；陸機的詩文有如沙裏淘金，常常能從中見到珍寶。」

要作金石聲

孫興公作《天台賦》成，以示范榮期①，云：「卿試擲地，要作金石聲！」②范曰：「恐子之金石③，非宮商中聲。」④然每至佳句，輒云：「應是我輩語。」

【注釋】❶范榮期：東晉南陽順陽（今河南淅川東）人，名啟，字榮期，官至黃門侍郎。❷金石聲：金石撞擊之聲，比喻辭賦音節之美。❸子：您。❹宮商：古代把音階定為宮、商、角、徵（zhǐ）、羽五級，叫做五音或五聲，大致相當於現代音樂簡譜上的1（do）、2（re）、3（mi）、5（sol）、6（la），五音配合而構成音樂。這裏舉宮商以代表五個音階。

【翻譯】

孫興公寫成《天台賦》後，拿給范榮期看，並說：「你試着把它扔到地下，一定會發出金石般的鏗鏘之聲！」范榮期說：「我怕您所說的金石聲，並不是五音協和的聲音。」但是每讀到好的文句，也總是說：「應當是我們這一流人物才能說得出來的話。」

王東亭作白事

王東亭到桓公吏①，既伏閣下②，桓令人竊取其白事③。東亭即於閣下更作，無復向一字。

【注釋】❶王東亭：即王珣。桓公：即桓溫。❷伏閣下：僚屬在陳請府主時俯伏閣門下以待宣召。❸白事：僚屬向府主請示或報告用的公文。

【翻譯】

王東亭到桓公那裏去當屬官時，伏於閣門之下等待宣召，桓公讓人偷走了他身邊的稟事文書。王東亭隨即在閣門下重新寫好，與先前那篇沒有一字相同。

五　方正

方正，指品行正直不阿。然而任何時代的所謂正直，都有其特定的標準。陸機不能容忍盧志直呼其父祖之名，是維護高門大族的尊嚴，而議者以此為高。陸玩不願與王導結親，則出於晉室東渡之初南北士族的矛盾，以及南人對北人的輕視。庾敳不顧王夷甫的反對，「卿之不置」，並大言「我自用我法」；王述升官，「事行便拜」，不虛偽辭讓；這樣的自尊自信，真率坦直，只能產生在魏晉那種特定的時代與特定的環境之中。但是像辛佐治仗鉞護軍紀，保障了魏國的利益；陳元方直言責父友，批評了失信與無禮。這樣的行為，雖出自古人，對今人也依然是有教益的。

陳元方責父友

陳太丘與友期行①，期日中，過中不至，太丘舍去，去後乃至。元方時年七歲②，門外戲。客問元方：「尊君在不？」③答曰：「待君久不至④，已去。」友人便怒，曰：「非人哉！與人期行，相委而去。」元方曰：「君與家君期日中⑤。日中不至，則是無信；對子罵父，則是無禮。」友人慚，下車引之。元方入門不顧。

【注釋】❶陳太丘：即陳寔。❷元方：即陳紀。❸尊君：對對話人父親的尊稱。不：通「否」。❹君：您。❺家君：舊時對人稱呼自己父親為家君。

【翻譯】

陳太丘與友人相約出行，約定在正午，正午過後客人還沒有來，太丘便不顧他而走了，走後客人才到。元方這時年七歲，正在門外玩耍。客人問元方：

「你父親在家嗎？」元方回答說：「等您許久您沒來，已經走了。」太丘那朋友便很生氣，說：「真不是人啊！同人家相約出行，卻丟下人家自己走了。」元方說：「您同我父親約定在正午。正午時您沒來，就是不講信用；對着兒子罵父親，就是沒有禮貌。」那友人感到慚愧，下車來拉他。元方進門而去，連頭都不回。

辛佐治立軍門

諸葛亮之次渭濱①，關中震動②。魏明帝深懼晉宣王戰③，乃遣辛毗為軍司馬④。宣王既與亮對渭而陳⑤，亮設誘譎萬方，宣王果大忿，將欲應之以重兵。亮遣間諜覘之，還曰：「有一老夫，毅然仗黃鉞⑥，當軍門立，軍不得出。」亮曰：「此必辛佐治也。」

【注釋】❶諸葛亮：三國琅邪陽都（今山東沂南南）人，字孔明。輔佐劉備建立蜀國，任蜀丞相，封武鄉侯。❷關中：指函谷關以西地區。❸魏明帝：即曹叡（ruì），三國魏沛國譙縣（今安徽亳州）人，字元仲，曹丕之子。晉宣王：即司馬懿，三國魏河內溫縣（今河南溫縣西）人，字仲達。仕魏任大將軍，後殺曹爽專國政。晉國初建，追尊為宣王；司馬炎稱帝，上尊號為宣帝。❹辛毗：三國魏潁川陽翟（今河南禹縣）人，字佐治，官至衛尉。軍司馬：軍府之官，在將軍之下，綜理一府事務，參與軍事計劃。❺陳：同「陣」。❻黃鉞（yuè）：用黃金裝飾的一種形似斧頭的兵器。本為天子儀仗，但天子派大臣出師，也可授給黃鉞以示威重。

【翻譯】

諸葛亮駐軍渭水岸邊時，關中地區極為震驚。魏明帝十分懼怕晉宣王出戰，便派遣辛毗出任軍司馬。晉宣王已同諸葛亮隔着渭水排開了陣勢，諸葛亮想盡辦法設計引誘挑戰，晉宣王果然十分氣憤，想要用重兵來應戰。諸葛亮派偵探人員去窺察敵情，回來報告說：「有一位老漢，堅定地拿着黃鉞，面對着營門站立着，部隊無法出營。」諸葛亮說：「這一定就是辛佐治。」

向雄詣劉準

向雄為河內主簿①，有公事不及雄，而太守劉淮橫怒②，遂與杖遣之。雄後為黃門郎③，劉為侍中④，初不交言。武帝聞之⑤，敕雄復君臣之好⑥，雄不得已，詣劉，再拜曰⑦：「向受詔而來，而君臣之義絕，何如？」於是即去。武帝聞尚不和，乃怒問雄曰：「我令卿復君臣之好⑧，何以猶絕？」雄曰：「古之君子⑨，進人以禮，退人以禮。今之君子，進人若將加諸膝⑩，退人若將墜諸淵。臣於劉河內，不為戎首⑪，亦已幸甚，安復為君臣之好？」武帝從之。

【注釋】❶向雄：晉河內山陽（今河南焦作東）人，字茂伯，曾任御史中丞、侍中、河南尹。河內：郡名，治所在今河南沁陽。❷劉淮：《晉書・向雄傳》作「劉毅」，現據其字「君平」推論，當以作「劉準」為是，「準」省作「准」，又誤為「淮」。今「準」簡化為「准」。劉準是晉沛國杼秋（今安徽蕭縣西北）人，字君平，曾任侍中、尚書僕射、司徒。❸黃門郎：即黃門侍郎，職守為侍從皇帝，傳達詔命。❹侍中：官名。❺武帝：指晉武帝司馬炎，河內溫縣（今河南溫縣西）人，字安世，司馬昭之子。繼其父任相國，專國政；代魏稱帝後，滅吳，統一中國。❻君臣：府主與吏屬之間互為君臣。❼再拜：一種表示恭敬的禮節，連拜兩次。❽卿：你。❾君子：古代對統治者或有才德之人的稱呼。❿諸：兼詞，兼有「之於」的意思。下文「諸」字同。⓫戎首：發動戰爭的人。

【翻譯】

向雄任河內郡主簿時，有一件公務並未牽涉到他，而太守劉准無端地發脾氣，杖責向雄並且把他趕走。後來向雄當上了黃門郎，劉准當上了侍中，兩人從來不說一句話。晉武帝知道後，命令向雄去同劉准恢復府主與臣屬的情誼，向雄沒有辦法，只好去看劉准，再拜後說：「我受君王的詔命而來，但是我們府主與臣屬之間的情義已經斷絕了，有甚麼辦法呢？」說完後便走了。晉武帝聽說兩人還是沒有和解，便生氣地責問向雄說：「我命令你去恢復府主與臣屬的情誼，為甚麼還是絕交呢？」向雄說：「古時的君子，任用人時合於禮制，辭退人時也合於禮制。而今天的君子，任用人時恨不能把他放在膝蓋上愛撫，辭退人時又恨不得把他丟到深淵下墜死。我對劉河內來說，不去充作首先發難者，也已是很幸運了，哪裏再能有甚麼府主與臣屬的情誼呢？」晉武帝只好聽任他這麼做。

陸士衡答盧志

盧志於眾坐問陸士衡①：「陸遜、陸抗是君何物？」②答曰：「如卿於盧毓、盧珽。」③士龍失色④。既出户，謂兄曰：「何至如此？彼容不相知也。」⑤士衡正色曰：「我父祖名播海內⑥，寧有不知？鬼子敢爾！」⑦議者疑二陸優劣⑧，謝公以此定之。

【注釋】❶盧志：晉范陽涿縣（今屬河北）人，字子道，曾任衛尉卿、尚書郎。坐：同「座」。陸士衡：西晉吳郡吳縣華亭（今上海松江）人，字士衡。曾任平原內史，世稱「陸平原」。❷陸遜：三國吳吳郡吳縣華亭（今上海松江）人，字伯言，陸機的祖父，曾任荊州牧，久鎮武昌（今湖北鄂城），官至丞相。陸抗：字幼節，陸機的父親，曾任鎮軍大將軍、大司馬、荊州牧。君：您。這裏盧志對陸機的父祖直呼其名，觸犯了陸的家諱（詳後P121注❷），因而陸也直呼盧志父祖之名作為報復，下文陸雲驚慌失色的道理也在於此。❸卿：你。盧毓（yù）：漢末涿郡涿縣（今屬河北）人，字子家，盧志的祖父，入魏後曾任吏部郎、黃門侍郎、侍中。盧珽（tǐng）：字子笏，盧志的父親，仕魏任泰山太守。❹士龍：即陸雲，字士龍，曾任清河內史，世稱「陸清河」。❺彼：相當於第三人稱代詞「他」，但運用時含有輕蔑語氣。❻海內：古人認為我國疆土四面環海，因此稱國境以內為海內。❼鬼子：罵人的話。據《孔氏志怪》一書所記，盧志的先人與崔氏已死之女結婚而生盧溫休，溫休生盧植，盧植即盧志的曾祖。❽議者：魏晉期間有品評人物高下優劣的風尚，議者指評論二陸的人。

【翻譯】

盧志在大庭廣眾之間問陸士衡：「陸遜、陸抗是您的甚麼人？」士衡回答說：「也就像你同盧毓、盧珽一樣。」陸士龍驚慌得變了臉色。出門之後，對兄長說：「哪至於這樣呢？他或許不了解我們的家世。」陸士衡嚴肅地說：「我們父親與祖父二人名揚天下，難道還有不知道的？鬼孫子竟敢如此！」當時評議二陸的人難分他們的優劣，謝公就根據這件事判定了他們的高下。

庾子嵩卿王太尉

王太尉不與庾子嵩交①，庾卿之不置②。王曰：「君不得為爾。」庾曰：「卿自君我，我自卿卿。我自用我法，卿自用卿法。」

【注釋】❶太尉：官名，秦至西漢設置，為全國軍政首腦。晉代為加官，無實權。王太尉：即王衍。
❷卿之：用「卿」來稱呼他。

【翻譯】

王太尉不同庾子嵩交往，庾子嵩卻不住地用「卿」來稱呼他以表示親近。王太尉說：「您不可以這樣稱呼我。」庾子嵩說：「你自可用『君』來稱呼我，我自可用『卿』來稱呼你，我自可用我的一套，你自可用你的一套。」

阮宣子伐社樹

阮宣子伐社樹①，有人止之。宣子曰：「社而為樹，伐樹則社亡；樹而為社，伐樹則社移矣。」

【注釋】❶阮宣子：即阮脩。社：土地神。社樹：古代立社種樹，作為土地神的標誌。

【翻譯】

阮宣子砍伐社樹，有人制止他。宣子說：「如果土地神只是這一棵樹的話，那麼砍樹之後連土地神這神靈也會死去；如果這一棵樹算是土地神的話，那麼砍樹之後土地神就會搬家了。」

阮宣子論鬼神

阮宣子論鬼神有無者，或以人死有鬼，宣子獨以為無，曰：「今見鬼者云，箸生時衣服①，若人死有鬼，衣服復有鬼邪？」

【注釋】❶箸（zhuó）：「着」字的本來寫法，意思是穿（衣、鞋）。

【翻譯】

阮宣子同人討論是否有鬼神的問題，有人認為人死之後便會有鬼，只有阮宣子認為沒有，他說：「現在那些自稱見過鬼的人說，鬼穿的是活着時的衣服，如果人死之後有鬼，難道衣服也會有鬼嗎？」

陸太尉拒婚

王丞相初在江左①，欲結援吳人②，請婚陸太尉③。對曰：「培塿無松柏，薰蕕不同器④。玩雖不才，義不為亂倫之始。」⑤

【注釋】❶王丞相：即王導。江左：古人在地理位置上坐北面南，以東為左，以西為右，所以江東又名江左。❷吳人：漢末時江東為吳郡地域，因此後世習慣上沿稱這一帶為吳，稱這裏的土著為吳人。❸陸太尉：即陸玩。❹薰蕕（xūn yóu）：香草與臭草。薰蕕不同器：比喻門第不同的人不可共處。❺亂倫：魏晉期間，門第不相當或輩分不相同的婚姻稱為亂倫。

【翻譯】

王丞相剛到江南時，想結交當地名門並取得他們援助，便向陸太尉請求通婚。陸太尉回答說：「小土丘上長不出高大的松柏，香草與臭草也不能同置一器。我雖然無用，但按理不能做這破壞倫常的帶頭人。」

王述轉尚書令

王述轉尚書令①，事行便拜。文度曰②：「故應讓杜、許。」③藍田云：「汝謂我堪此不？」④文度曰：「何為不堪！但克讓自是美事，恐不可闕。」⑤藍田慨然曰：「既云堪，何為復讓？人言汝勝我，定不如我。」⑥

【注釋】❶尚書令：本為屬官，掌章奏文書，自漢武帝開始職權漸重，至魏晉以後已成為實際上的宰相。❷文度：即王坦之，東晉太原晉陽（今山西太原西南）人，字文度，王述之子。曾任侍中、中書令，領北中郎將、徐兗二州刺史，死後追贈安北將軍。❸故：本來。杜、許：未詳何人。❹汝：魏晉期間，這是一個逐漸轉為表示親密關係的第二人稱代詞，常用於長輩對晚輩的稱呼。❺闕：通「缺」。❻定：到底，究竟。

【翻譯】

王藍田升任尚書令，命令一下達，他立即去就職。文度說：「本來還是該讓一讓杜、許二人。」藍田說：「你說我是否勝任這一職務？」文度說：「當然勝任！不過謙讓本是一樁美事，恐怕少不了要表示一下。」藍田感慨地說：「既然說是能夠勝任，又為甚麼要謙讓呢？別人都說你勝過我，我看到底還是不如我。」

王藍田責文度

王文度為桓公長史時①，桓為兒求王女，王許諮藍田②。既還，藍田愛念文度，雖長大，猶抱著膝上③。文度因言桓求己女婚。藍田大怒，排文度下膝，曰：「惡見文度已復癡，畏桓溫面，兵，那可嫁女與之！」文度還報云：「下官家中先得婚處。」④桓公曰：「吾知矣，此尊府君不肯耳。」⑤後桓女遂嫁文度兒⑥。

【注釋】❶桓公：即桓溫。長史：太尉、司徒、司空等高級官員的屬官，為幕僚長，職任頗重。魏晉以後，州郡長官凡帶有將軍稱號開府者，也設長史。❷藍田：即王述。❸著：是「着」字的本來寫法。放在動詞後面，含有「在」、「到」等意義。❹下官：屬吏對府主自稱為下官。❺尊府君：這裏等於說您父親。王述曾任臨海太守，所以可稱府君。❻桓女遂嫁文度兒：魏晉期間注重門第貴賤，門第不相當一般不通婚，但寒門之女可嫁名門，而名門之女則不可下嫁寒族。

【翻譯】

王文度任桓公長史時，桓公為自己兒子請求與文度女兒通婚，文度答應回去問一問藍田。回家後，藍田喜愛文度，雖然又高又大，還是抱他坐在自己膝頭上。文度趁便說到桓公求婚的事。藍田十分生氣，把文度推下膝來，說：「不想看到文度又發癡了，只顧忌桓溫的情面，當兵的人家，哪能把女兒嫁給他們呢！」文度回復桓公說：「我家中已經先有了婚約。」桓公說：「我知道了，這是您父親不肯罷了。」後來桓公便把女兒嫁給了文度的兒子。

六 雅量

雅量，意思是恢宏不凡的氣度，在《世説新語》中，它往往指一種「泰山崩於前而色不變」的修養氣度，這是魏晉人物識鑒中一條相當重要的標準。

漢末的社會大動盪，衝垮了傳統的禮教，同時也解放了人們的思想。傳統的對於道德的尊崇轉而為對於人格的尊崇。同時，動盪的時代召喚英雄，而英雄最必需的素質便是堅強的個性。這就是為甚麼魏晉士人和《世説新語》作者都特別重視「雅量」的原因。

不過，儘管同樣表現為恢宏不凡的氣度，各人的動因與目的卻不盡相同。嵇康因拒絕與篡權者司馬氏合作而慘遭殺害，他臨刑東市，索琴奏《廣陵散》，是為了表示對濁世的鄙視；王羲之坦腹東牀，是出於對富貴的漠然；謝安聞淮上大捷，「意色舉止，不異於常」，又多少帶有些矯情鎮物的意圖；至於顧雍聞子凶信，強自作達，「以爪掐掌，血流沾褥」，這其實已談不上甚麼雅量了。仔細體味這些條目，不僅能了解其時的特殊風尚，也能辨析出人物的不同性格。

顧雍喪子

豫章太守顧邵①，是雍之子②。邵在郡卒。雍盛集僚屬自圍棋，外啟信至，而無兒書，雖神氣不變，而心了其故，以爪掐掌，血流沾褥。賓客既散，方歎曰：「已無延陵之高③，豈可有喪明之責？」④於是豁情散哀，顏色自若。

【注釋】❶豫章：郡名，治所在今江西南昌。顧邵：袁氏本《世説新語》作「顧劭」，現據王先謙校訂本《世説新語》改。顧邵是三國吳吳郡吳縣（今江蘇蘇州）人，字孝則。任豫章太守五年，死於任上。❷雍：即顧雍，字元歎，顧邵之父。曾任會稽丞，行太守事，在吳任丞相，執政十九年。❸延陵之高：延陵本為春秋時吳國貴族季札的封邑，在今江蘇武進，這裏用延陵代指季札。據《禮記》記載，季札在兒子死後埋葬時，很平靜地説：骨肉重新回到土裏，是命裏註定的；至於他的魂魄，則到處都可以存在。孔子評價他這種態度合於禮。顧雍用「延陵之高」來表示對喪子持坦然的態度。❹喪明之責：喪明指喪失視力。《禮記》中說，子夏死了兒子後把眼睛哭瞎了，曾子批評他的這種行為，子夏聽後連連認錯。這裏用「喪明之責」來表示兒子死後因哀毀過禮而受到責備。

【翻譯】

豫章太守顧邵，是顧雍的兒子。顧邵在太守任上死了。顧雍會集府中下屬官員下圍棋時，門外報告說使者來了，卻沒有兒子的書信，顧雍雖然臉上神態沒有變化，但是心裏已經完全明白了是甚麼緣故，他用指甲使勁地掐着掌心，血都流到了坐褥上。賓客散去後，他才歎息說：「我已經無法做到像延陵季子那樣曠達了，難道還能像子夏哭瞎眼睛那樣受到別人的指責嗎？」於是排解了悲哀的心情，臉色也就坦然自若了。

嵇中散臨刑東市

嵇中散臨刑東市①，神氣不變，索琴彈之，奏《廣陵散》②。曲終，曰：「袁孝尼嘗請學此散③，吾靳固不與，《廣陵散》於今絕矣！」太學生三千人上書④，請以為師，不許。文王亦尋悔焉⑤。

【注釋】❶中散：即中散大夫，參與議論政事，是一種閒散職任。嵇中散：即嵇康。東市：洛陽東門外馬市。❷《廣陵散》：琴曲名，又稱《廣陵止息》。全曲分小序、大序、正聲、亂聲、後序五大部分，共四十五段，是篇幅最長的琴曲之一。後人推測即《聶政刺韓王曲》。❸袁孝尼：三國魏陳郡陽夏（今河南太康）人，名準，字孝尼，入晉後，官至給事中。❹太學生：太學是我國古代的最高學府，其中的學生稱為太學生。❺文王：指晉文王司馬昭。

【翻譯】

嵇中散在東市被殺時，神態不變，向人要過琴來彈奏，彈了一曲《廣陵散》。曲子奏完，他說：「袁孝尼曾經向我請求學習這支曲子，我沒有捨得傳授給他，《廣陵散》從今以後斷絕了！」當時有三千名太學生聯名給朝廷寫奏章，請求能赦免他讓他當老師，但沒有得到准許。晉文王不久也後悔了。

諸小兒取李

王戎七歲①，嘗與諸小兒戲。看道邊李樹多子折枝，諸兒競走取之，唯戎不動。人問之，答曰：「樹在道邊而多子，此必苦李。」取之信然。

【注釋】❶王戎：西晉琅邪臨沂（今屬山東）人，字濬沖，「竹林七賢」之一，官至尚書令、司徒，進爵安豐縣侯。

【翻譯】

王戎七歲時，曾同小孩子們一道玩耍。看見路邊的李樹上果實多得把樹枝都壓斷了，孩子們都爭着跑去摘李子，只有王戎不動。有人問他為甚麼不去，他回答說：「樹在路邊卻還有這許多果實，一定是苦的李子。」摘下來一嚐，果然是這樣。

庾子嵩答太傅

劉慶孫在太傅府①，于時人士多為所構，唯庾子嵩縱心事外，無跡可間。後以其性儉家富，說太傅令換千萬，冀其有吝，於此可乘。太傅於眾坐中問庾②，庾時頹然已醉③，幘墮几上④，以頭就穿取，徐答云：「下官家故可有兩娑千萬⑤，隨公所取。」於是乃服。後有人向庾道此，庾曰：「可謂以小人之慮，度君子之心。」

【注釋】❶ 劉慶孫：晉中山魏昌（今河北無極）人，名輿，字慶孫，曾任宰府尚書郎、潁川太守、東海王司馬越長史。太傅：官名。這裏指司馬越，西晉河內溫縣（今河南溫縣西）人，字元超。封東海王，歷任中書令、司空、太傅，代表皇族勢力專擅國政。❷ 坐：同「座」。❸ 頹然：

癱下來的樣子。❹幘（zé）：包頭巾，中空頂圓，形制如帽子。❺下官：屬下對上司的自稱。故：本來。娑（suō）：「三」字的轉音，兩娑千萬就是兩三千萬（據劉盼遂《世說新語校箋》說）。

【翻譯】

劉慶孫在司馬太傅府任職時，當時的人士很多受到他的陷害，只有庾子嵩放任自適，不問政事，沒有甚麼把柄可被抓住。後來由於庾子嵩生性節儉，家內富有，劉慶孫便攛掇太傅向他借貸一千萬錢，巴望他有所吝惜，那麼就有機可乘了。太傅在大庭廣眾之中問庾子嵩，庾當時已經醉倒，幘巾掉在几案上，他用頭湊上去戴起來，慢悠悠地回答說：「我家中確實能有兩三千萬，隨您取用。」劉慶孫這才服了他。後來有人向庾子嵩說到這件事，庾子嵩說：「這真可說是以小人之心度君子之腹。」

料財蠟屐

祖士少好財①，阮遙集好屐②，並恆自經營，同是一累，而未判其得失。人有詣祖，見料視財物，客至，屏當未盡，餘兩小簏箸背後③，傾身障之，意未能平。或有詣阮，見自吹火蠟屐，因歎曰：「未知一生當箸幾量屐？」④神色閒暢。於是勝負始分。

【注釋】❶祖士少：東晉范陽遒縣（今河北淶水北）人，名約，字士少。繼其兄祖逖（tì）後任平西將軍、豫州刺史。❷阮遙集：東晉陳留尉氏（今屬河南）人，名孚，字遙集，曾任侍中、吏部尚書、廣州刺史。屐（jī）：用木頭或草、帛製成底的有齒的鞋子，踐泥後可洗滌乾淨。❸箸：這裏的意思是放置。❹量：通「緉」，雙（量詞）。

【翻譯】

祖士少喜愛錢財，阮遙集喜愛木屐，都常常親自料理，同樣是一種牽累，因而人們無法分出他們的優劣。有人到祖士少那裏去，看見他正在查點財物，客人來了，沒來得及收拾完，剩下兩隻小竹箱放在背後，斜過身子來遮住它，心情不能恢復平靜。有人到阮遙集那裏去，看見他正在吹火給木屐塗蠟，隨即感歎地說：「不知這一輩子能穿幾雙木屐？」神態悠閒舒適。於是兩人的高下才有了分曉。

坦腹東牀

郗太尉在京口①，遣門生與王丞相書②，求女婿。丞相語郗信：「君往東廂，任意選之。」門生歸，白郗曰：「王家諸郎亦皆可嘉，聞來覓婿，咸自矜持，唯有一郎在東牀上坦腹臥，如不聞。」郗公曰：「正此好！」訪之，乃是逸少③，因嫁女與焉。

【注釋】❶太尉：袁氏本《世説新語》「太尉」誤為「太傅」，現據《太平御覽》卷三百七十一、卷四百四十四引《世説》改。郗太尉：即郗鑒，晉高平金鄉（今屬山東）人，字道徽，曾任領軍、司空、太尉。京口：古城名，故址在今江蘇鎮江。❷王丞相：即王導。❸逸少：即王羲之。

【翻譯】

郗太尉在京口時，派門客送給王丞相一封信，想在王家找一位女婿。王丞相對郗太尉的使者說：「您到東廂房裏去，任意挑選好了。」門客回去後，稟告郗太尉：「王家各位公子都值得讚美，聽說來選女婿，各自做出一副莊重嚴肅的樣子，只有一位公子在靠東邊的牀上裸出肚子躺着，好像沒聽見此事一樣。」郗公說：「就這一位好！」派人去查訪，原來是逸少，於是便把女兒嫁給了他。

謝太傅盤桓東山

謝太傅盤桓東山時①，與孫興公諸人泛海戲②。風起浪湧，孫、王諸人色並遽③，便唱使還。太傅神情方王④，吟嘯不言。舟人以公貌閒意說⑤，猶去不止。既風轉急，浪猛，諸人皆喧動不坐。公徐云：「如此，將無歸？」⑥眾人即承響而回。於是審其量，足以鎮安朝野。

【注釋】❶盤桓：徘徊，逗留。東山：山名，在今浙江上虞縣西南。謝安早年隱居於此。❷孫興公：東晉太原中都（今山西平遙西北）人，名綽，字興公，曾任廷尉卿、領著作，襲爵長樂侯。❸王：指王羲之。❹王：通「旺」。❺説（yuè）：同「悦」。❻將無：表擬測的語氣詞，相當於「大概」。

【翻譯】

謝太傅在東山隱居時，同孫興公等人在海上遊樂。風起浪湧，孫、王等人神色驚懼，高喊着要回去。謝太傅卻興致正濃，仍然吟詠長嘯，不説一句話。船夫見他神態悠閒愉悦，依舊駕船前行。待到風勢轉急、浪頭更猛之後，大家都喊叫驚擾，坐不住了。謝公這才慢悠悠地説：「既然如此，莫不是要回去吧？」大家隨即應聲而回。從這件事上，人們看清楚了他的度量，完全能夠安定天下。

淮上信至

謝公與人圍棋，俄而謝玄淮上信至①，看書竟，默然無言，徐向局。客問淮上利害，答曰：「小兒輩大破賊。」意色舉止，不異於常。

【注釋】❶淮上：淝水大戰發生在淮河流域，淮上即指大戰的前線。

【翻譯】

謝公同客人下圍棋，不一會兒，謝玄從淝水前線派來的使者到了，謝公看完信，默不作聲，慢慢地轉向棋局。客人問到前線勝負的情況，他回答說：「孩子們大破了敵軍。」說話時的神態舉動，與平常沒有任何不同。

七　識鑒

《識鑒》、《賞譽》、《品藻》三門都同漢末至魏晉的人物品鑒直接相關。識鑒指對人物品格才能的認識與鑒定。由《識鑒》門可以看到漢末魏晉不同時期識鑒之風的不同特點。漢代人物識鑒直接為遴選官僚服務，所以漢末大名士喬玄對青年曹操的評語是「亂世之英雄，治世之奸賊」，並斷言他日後定將富貴。《三國志》、《後漢書》等史籍也證明，曹操確是出於喬玄等名士的推重才開始發跡的。由此足見名士評語在漢末文人仕途上的重要作用。至於漢代的識鑒方法，則主要是骨相之法。《識鑒》門雖未對此作直接描寫，但通過潘陽仲品鑒王敦卻可以看出漢代相法在西晉的流風餘韻。經過漢末到西晉的演變，東晉時的人物識鑒之法有了根本的改變。人們不再單憑一個人的相貌來判別他的內心，而是注重人物平日的言行表現來鑒別其品行才能的高下。如劉惔通過桓溫賭博時的「不必得，則不為」，斷言他西征必能克蜀；郗超通過謝玄平日的知人善任斷言他北討必能立勳等等。比起骨相之法來，這樣的識鑒方法是較有科學性的。

還應指出的是，作者通過郗超之口，既描寫了謝玄的過人才能，也表現了郗超自己「不以愛憎匿善」的品格。這種一筆寫兩人的獨特手法，為本書作者所慣用，我們在閱讀時應多加注意。

喬玄謂曹公

曹公少時見喬玄①，玄謂曰：「天下方亂，羣雄虎爭，撥而理之，非君乎？然君實是亂世之英雄，治世之奸賊。恨吾老矣，不見君富貴，當以子孫相累。」②

【注釋】❶曹公：即曹操，三國譙郡譙（今安徽亳州）人，字孟德，小字阿瞞。漢末位至丞相、大將軍，封魏王，專擅國政。其子曹丕代漢稱帝，追尊為魏武帝。喬玄：漢末睢陽（今河南商丘）人，字公祖，官至尚書令。❷累：牽累。

【翻譯】

曹公年輕時去見喬玄，喬玄對他説：「現在天下正動亂，各路英雄像虎一樣地爭鬥，能夠撥亂反正治好國家的，不就是您了嗎？但您實在是動亂時代的英雄，太平盛世的奸賊。遺憾的是我已經老了，見不到您大富大貴了，我就把子孫拜託給您啦。」

潘陽仲謂王敦

潘陽仲見王敦小時①，謂曰：「君蜂目已露②，但豺聲未振耳③。必能食人，亦當為人所食。」

【注釋】❶ 潘陽仲：晉河南滎（xíng）陽（今河南滎陽東北）人，名滔，字陽仲，曾任洗馬、河南尹。王敦：東晉琅邪臨沂（今屬山東）人，字處仲。西晉時曾任揚州刺史、鎮東大將軍，握有重兵；東晉時又任大將軍、荊州牧，曾起兵攻入建康（今江蘇南京），謀劃篡奪司馬氏政權。

後再次進兵建康時，在軍中病死。❷蜂目：比喻眼睛突露的容貌。據《左傳・文公元年》記載，楚成王將立商臣為太子，徵求令尹子上的意見，子上認為商臣蜂目而豺聲，是極為殘忍的人，不可立為太子。後來就用蜂目豺聲形容為人的兇悍。❸豺聲：比喻説話尖利的聲音。振：指聲音響起來。

【翻譯】

潘陽仲在王敦年少時見到了他，對他説：「您的眼睛已如蜂目突露，只是説話尚未像豺聲那樣尖利而已。將來您一定能夠吞噬他人，但也將被他人所吞噬。」

石勒使人讀《漢書》

石勒不知書①，使人讀《漢書》②，聞酈食其勸立六國後③，刻印將授之，大驚曰：「此法當失，云何得遂有天下？」至留侯諫④，乃曰：「賴有此耳！」

【注釋】❶石勒：十六國時期後趙的建立者，上黨武鄉（今山西榆社北）人，字世龍，羯族。曾聚眾起義，於晉元帝大興二年（319）自稱趙王，建立後趙政權，晉成帝咸和四年（329）滅前趙，稱帝後不久病死。❷《漢書》：東漢班固撰，是一部記載西漢王朝主要事蹟的史書，也是我國第一部紀傳體的斷代史。❸酈食其（yì jī）：西漢陳留高陽（今河南杞縣）人，曾獻計劉邦攻下陳留，被封為廣野君。六國：指戰國期間函谷關以東的楚、齊、燕、韓、趙、魏六國。❹留侯：即張良，漢初大臣，傳為城父（今安徽亳州）人，字子房。曾在博浪沙椎擊秦始皇未中，後率眾歸漢，是劉邦的重要謀士。漢朝建立，封為留侯。

【翻譯】

石勒不識字，讓人給他讀《漢書》，聽到酈食其勸劉邦立六國的後代為王，刻好印章將要頒下，十分吃驚，說：「這個辦法定會失敗，可為甚麼最終又能得到天下呢？」當聽到留侯勸止時，才說：「正是靠了這次勸止啊！」

張季鷹在洛

張季鷹辟齊王東曹掾①，在洛②，見秋風起，因思吳中菰菜羹、鱸魚膾③，曰：「人生貴得適意爾，何能羈宦數千里以要名爵？④」遂命駕便歸。俄而齊王敗，時人謂為見機。

【注釋】❶張季鷹：西晉吳郡吳縣（今江蘇蘇州）人，名翰，字季鷹，曾任大司馬東曹掾，後因思鄉棄官。齊王：即司馬冏，晉河內溫縣（今河南溫縣西）人，字景治。襲父位為齊王，曾任平東將軍、鎮東大將軍、大司馬，輔佐國事，後被司馬乂（yì）所殺。曹：古代分職治事的部門。東曹掾：東曹中的屬官。❷洛：指東漢京都洛陽，故城在河南洛陽東洛水北岸。也是西晉的京都。❸吳中：漢末時江東為吳郡地域，因此後世習慣上沿稱這一帶為吳。菰菜羹：《太平御覽》卷二十五引《世說》作「蓴菜羹」，《晉書・張翰傳》作「菰菜、蓴羹」。蓴羹，見P29注❹。膾（kuài）：切得很細的魚肉。❹羈宦：旅居外地做官。要：通「邀」。

【翻譯】

張季鷹被任命為齊王的東曹掾屬，在洛陽做官，見颳起了秋風，於是想到江南家鄉的蒓菜羹和鱸魚膾，說：「人一生最寶貴的就是能順適自己的心意罷了，哪能一直待在數千里之外任官來求取聲名爵位呢？」隨即命令駕好車馬返回家鄉。不久以後齊王被殺，當時的人都認為他有先見之明。

桓公將伐蜀

桓公將伐蜀①，在事諸賢咸以李勢在蜀既久②，承藉累葉，且形據上流，三峽未易可克。劉尹云③：「伊必能克蜀。觀其蒲博④，不必得則不為。」

【注釋】❶伐蜀：晉惠帝時，李雄據蜀稱帝（史稱成國），傳至李勢，日益衰落。晉穆帝永和二年（346），桓溫率師西伐，第二年春天滅之。❷李勢：十六國時期成國的統治者，略陽臨渭（今甘肅秦安東南）人，字子仁，巴氐族。桓溫伐蜀，他投降後被封為歸義侯。❸劉尹：即劉惔。❹蒲博：古代的一種博戲，流行於漢魏，晉代尤盛，以擲骰決勝負，以骰色分高下。後來成為賭博的通稱。

【翻譯】

桓公將要討伐蜀地，參與其事的各位賢士都認為李勢佔領蜀地已經很久，歷代承襲有很多可以依恃的條件，同時在地形上又佔據上游，三峽地區也不容易通過。只有劉尹說：「他一定能攻克蜀地。這從他賭博上就可以看出，不能確定得勝的事，他一定不去做。」

郗超與謝玄不善

郗超與謝玄不善①。苻堅將問晉鼎②，既已狼噬梁、岐③，又虎視淮陰矣④。于時朝議遣玄北討，人間頗有異同之論⑤。唯超曰：「是必濟事。吾昔嘗與共在桓宣武府⑥，見使才皆盡，雖履屐之間⑦，亦得其任。以此推之，容必能立勳。」玄功既舉，時人咸歎超之先覺，又重其不以愛憎匿善。

【注釋】❶郗超：東晉高平金鄉（今屬山東）人，字景興（或作敬輿），一字嘉賓。曾任桓溫參軍、中書侍郎，桓溫死後離職。❷苻（fú）堅：袁氏本《世說新語》作「符堅」，現據影宋本《世說新語》改。苻堅是十六國時期前秦皇帝，略陽臨渭（今甘肅秦安東南）人，一名文玉，字永固，氐族。初為東海王，後自立為帝，統一了北方大部分地區，並奪取東晉益州。淝水大敗後，被羌族首領姚萇擒殺。鼎：相傳夏禹以鼎作為傳國重器，得天下者才能據有。後以此比喻國家政權。❸梁：州名，治所在今陝西漢中。岐：山名，在今陝西岐山縣東北。❹陰：水的南面。❺異同：不同。這裏「異同」連用，是複詞偏義，偏指「異」，「同」字無義。❻桓宣武：即桓溫。❼履：一種用草、麻、皮、絲之類製成的單底鞋子，可供正式場合穿着。屐：用木頭或草、帛製成底的有齒的鞋子，踐泥後可洗滌乾淨。履屐：這裏比喻瑣細小事。

【翻譯】

郗超同謝玄不相和睦。當時苻堅正想奪取晉王朝政權，已經像惡狼一樣吞併了梁州、岐山一帶地區，又虎視眈眈地企圖侵佔淮河以南廣大領土。這時朝廷中商議派遣謝玄北上討伐，人們對此頗有不同看法。只有郗超說：「這個人去一定能成功。我過去曾經同他一道在桓宣武府中共事，發現他用人時能人盡其才，即使是一些瑣細的小事，也能處理得恰如其分，從這些事推斷，想來是一定能建立功勳的。」謝玄大功告成後，當時的人都讚歎郗超有先見之明，同時又推重他不因為個人的好惡而埋沒別人的才能。

謝玄北征後

韓康伯與謝玄亦無深好①，玄北征後，巷議疑其不振。康伯曰：「此人好名，必能戰。」玄聞之甚忿，常於眾中厲色曰：「丈夫提千兵②，入死地，以事君親故發③，不得復云為名！」

【注釋】❶韓康伯：東晉潁川長社（今河南長葛東）人，名伯，字康伯，曾任豫章太守、吏部尚書、將軍領軍。❷丈夫：這裏等於說大丈夫。❸君親：君王。這裏「君親」連用，是複詞偏義，偏指「君」，「親」字無義。

【翻譯】

韓康伯與謝玄並沒有甚麼深厚的交情，謝玄北上征討苻堅之後，街談巷議都懷疑他不會有甚麼作為。康伯說：「這個人很喜愛聲名，一定能同敵人死戰。」謝玄聽到這些話後很氣憤，常在大庭廣眾之間聲色俱厲地說：「大丈夫率領軍隊出生入死，是為了效忠君王才這麼做的，不能再說甚麼為了聲名！」

八　賞譽

賞譽指對人物品格才能之美的欣賞讚譽。如果說，通過《識鑒》門可以看出漢末魏晉人物識鑒的不同目的與方法，那麼，在《賞譽》門中則可以看出漢末魏晉人物識鑒的不同標準。漢末往往以是否「治國之器」來衡量人物，魏晉則更重視為人的真率耿直，處世的清淡寡慾，舉止言談的俊逸瀟灑，以及人物多方面的傑出才華。

為了使人物抽象的品格才能之美較為具體地展現在人們眼前，魏晉士人在清談中廣泛採用了以自然美映襯比附人格美的方法，《世說新語》的作者也把這一手法應用於自己的文學創作之中，《賞譽》門突出地體現了這一特點。例如許詢與晉簡文帝司馬昱在「風恬月朗」的夜晚促膝談詩，王恭看到「清露晨流，新桐初引」的美景便想起了瀟灑清疏的王忱，風物之美與人物的才情之美巧妙地糅合在一起，給人以高度的藝術享受。

裴清通，王簡要

王濬沖、裴叔則二人①，總角詣鍾士季②，須臾去。後客問鍾曰：「向二童何如？」鍾曰：「裴楷清通，王戎簡要。後二十年，此二賢當為吏部尚書③，冀爾時天下無滯才。」④

【注釋】❶王濬沖：即王戎。裴叔則：西晉河東聞喜（今屬山西）人，名楷，字叔則，曾任河南尹、侍中、中書令。❷鍾士季：即鍾會。❸吏部尚書：吏部是古代掌管官吏任免、考課、升降、調動等事務的官署，其長官為吏部尚書。❹滯才：指得不到官職的人才。

【翻譯】

王濬沖、裴叔則二人小時候到鍾士季那裏去，過了片刻兩人走了。隨後門客問鍾士季：「您看剛剛那兩個小孩子怎麼樣？」鍾士季說：「裴楷清朗通達，王戎簡練切要。二十年後，這兩位賢人將要當上吏部尚書，希望那時候天下不會有漏選的人才。」

郭弈三歎羊叔子

羊公還洛①，郭弈為野王令②，羊至界，遣人要之，郭便自往。既見，歎曰：「羊叔子何必減郭太業！」復往羊許，小悉還，又歎曰：「羊叔子去人遠矣！」羊既去，郭送之彌日，一舉數百里，遂以出境免官。復歎曰：「羊叔子何必減顏子！」③

【注釋】❶羊公：即羊祜（hù），西晉泰南南城（今山東費縣西南）人，字叔子。曾以尚書左僕射都督荊州諸軍事，出鎮襄陽（今湖北襄陽），屢請出兵滅吳，未能實現。洛：指東漢京都洛陽，故城在河南洛陽東洛水北岸。也是西晉的京都。❷郭弈：當據《晉書・郭奕傳》作「郭奕」。郭奕是西晉太原陽曲（今山西定襄）人，字太業，曾任雍州刺史、尚書。野王：縣名，治所在今河南沁陽。❸子：姓氏或名字後加「子」，表示尊重。顏子：即顏回，春秋時期魯國人，字子淵，孔子的高足弟子，在孔門中以德行著稱。

【翻譯】

羊公回洛陽去，當時郭奕正在野王當縣令，羊公到了縣界，郭奕派人先把他截住，隨後自己又親自趕到。見面後，讚歎說：「羊叔子哪會比不上我郭太業呢！」隨後到了羊公的住所，過了一會兒回來，又讚歎說：「羊叔子超出人很多啊！」羊公離去時，郭奕整日送他，一下便送出幾百里路，於是因為私離職守而免官。他還是讚歎羊公說：「羊叔子哪會比不上顏淵呢！」

衛伯玉奇樂廣

衛伯玉為尚書令①，見樂廣與中朝名士談議②，奇之，曰：「自昔諸人沒已來③，常恐微言將絕，今乃復聞斯言於君矣！」命子弟造之，曰：「此人，人之水鏡也④，見之若披雲霧睹青天。」

【注釋】❶衛伯玉：西晉河東安邑（今山西夏縣北）人，名瓘（guàn），字伯玉。魏末任廷尉卿，入晉後曾任尚書令、司空、太保。❷樂廣：西晉南陽淯陽（今河南南陽）人，字彥輔，衛玠岳父，官至尚書令。中朝：晉室南渡後，因西晉京都在中原地區，所以稱西晉為中朝，也可稱西晉京都洛陽為中朝。這裏指洛陽。談議：這裏指清談。❸諸人：指常與衛瓘談論的何晏、鄧颺等人。沒（mò）：死，同「歿」。已：通「以」。❹水鏡：比喻人的識見清明。

【翻譯】

衛伯玉擔任尚書令時，看見樂廣在同洛陽的名士們清談，認為樂廣很有奇才，對他說：「自從過去那些善於清言的人去世以來，我常常擔心這些精妙的言論將要斷絕，不想現在卻又從您這裏聽到了這些話！」於是命令自己的子姪後輩去拜訪樂廣，並且說：「這個人，就好像人中的水和鏡一樣，見到他如同撥開雲霧見到了青天。」

陸機兄弟

蔡司徒在洛①，見陸機兄弟住參佐廨中②，三間瓦屋，士龍住東頭，士衡住西頭。士龍為人，文弱可愛；士衡長七尺餘③，聲作鐘聲，言多慷慨。

【注釋】❶司徒：官名，掌管教化，但至兩晉時期已有職無權，只表示對大臣的尊崇。蔡司徒：即蔡謨（mó），晉陳留考城（今河南蘭考東南）人，字道明，曾任義興太守、揚州刺史、司徒。❷陸機兄弟：指陸機、陸雲。❸七尺：晉尺短於今尺，晉七尺相當於今 1.72 米左右。

【翻譯】

蔡司徒在洛陽時，看到陸機、陸雲兄弟二人住在僚屬的官署中，三間瓦房，士龍住在東邊，士衡住在西邊。士龍的為人，文雅纖弱很可愛；士衡則身高七尺有餘，說話像鐘聲一樣洪亮，言辭大多慷慨激昂。

皮裏陽秋

桓茂倫云①：「褚季野皮裏陽秋。」②謂其裁中也。

【注釋】❶桓茂倫：晉譙國龍亢（今安徽懷遠西）人，名彝，字茂倫，曾任中書郎、尚書吏部郎。❷陽秋：本當為「春秋」，東晉人避簡文帝鄭太后阿春的名諱，改稱「陽秋」。「春秋」原為書名（見 P57 注❶），因其深含褒貶之義，又可藉以表示褒貶。皮裏陽秋：指表面對人與事不作評論，而內心卻有所褒貶。

【翻譯】

桓茂倫說：「褚季野肚裏自有評論是非的章法。」這是說他只在內心有所裁定。

王藍田言家諱

王藍田拜揚州①，主簿請諱②，教云③：「亡祖先君④，名播海內，遠近所知；內諱不出於外。餘無所諱。」

【注釋】❶王藍田：即王述。揚州：州名，治所在今江蘇南京。❷諱：這裏指家諱，即子孫在說話或行文中，避免提到父祖的名字。晉代最重家諱，官員上任，僚屬要先問上司的家諱，叫做請諱，以防其後在無意之中觸犯。❸教：指府主對僚屬所下的文書或批示。❹亡祖：指王湛，字處仲，曾任汝南內史。先君：指王承。

【翻譯】

王藍田就任揚州刺史時，主簿向他請示家諱有些甚麼字，他回答說：「我已去世的祖父與父親，名揚天下，遠近都知道；而婦人的名諱不傳出家外。其餘沒有甚麼可避諱的。」

掇皮皆真

謝公稱藍田①：「掇皮皆真。」

【注釋】❶藍田：指王述。

【翻譯】

謝公稱讚王藍田：「去掉他的皮，顯露出的就全部是純真。」

桓溫經王敦墓

桓溫行經王敦墓邊過①，望之云：「可兒②！可兒！」

【注釋】❶王敦：東晉琅邪臨沂（今屬山東）人，字處仲。西晉時曾任揚州刺史、鎮東大將軍，握有重兵；東晉時又任大將軍、荊州牧，曾起兵攻入建康（今江蘇南京），謀劃篡奪司馬氏政權。後再次進兵建康時，在軍中病死。❷可兒：即可人，意思是稱人心意的人。王敦謀反前以開朗樸實而獲得「可兒」的好聲名，死後已受人唾棄。這裏桓溫依舊稱讚他，正反映他引王敦為同類的心理。

【翻譯】

桓溫經過王敦的墳墓邊，望着墳墓說：「可意的人啊！可意的人啊！」

處長亦勝人

王仲祖稱殷淵源①：「非以長勝人，處長亦勝人。」

【注釋】❶王仲祖：即王濛。殷淵源：即殷浩。

【翻譯】

王仲祖稱讚殷淵源：「不但憑着他的長處超過別人，而且在對待自己的長處方面也超過別人。」

人可應無，己必無

王長史道江道羣①：「人可應有，乃不必有；人可應無，己必無。」

【注釋】❶王長史：即王濛。江道羣：東晉陳留圉（yǔ，今河南杞縣南）人，名灌，字道羣，曾任尚書、中護軍、吳郡太守。

【翻譯】

王長史稱述江道羣：「人應當有的品行，他不一定就有；人應當沒有的品行，他卻一定沒有。」

才情過於所聞

許玄度送母始出都①，人問劉尹②：「玄度定稱所聞不？」③劉曰：「才情過於所聞。」

【注釋】❶許玄度：東晉高陽（治所在今河北蠡縣南）人，名詢，字玄度。曾被徵召為司徒掾、議郎，均未就職，隱居於永興西山（今浙江蕭山）。都：這裏指東晉京都建康（今江蘇南京）。❷劉尹：即劉惔。❸定：到底，究竟。

【翻譯】

許玄度剛剛送母親出了京都，便有人問劉尹：「玄度的為人同傳聞究竟相稱不相稱？」劉尹回答說：「他的才華超過傳聞。」

共游白石山

孫興公為庾公參軍①，共游白石山②，衛君長在坐③。孫云：「此子神情都不關山水④，而能作文？」庾公曰：「衛風韻雖不及卿諸人，傾倒處亦不近。」孫遂沐浴此言⑤。

【注釋】❶孫興公：即孫綽。庾公：即庾亮。參軍：晉代軍府和王國的僚屬，參與軍務，職任頗重。❷白石山：山名，在今江蘇溧水北。❸衛君長：東晉濟陰成陽（今屬山東）人，名永，字君長，官至左軍長史。❹子：對人的尊稱。都：全。❺沐浴：比喻「沉浸於……之中」。

【翻譯】

孫興公任庾公參軍時，一道去白石山遊賞，衛君長也在座。孫興公對庾公說：「這位先生的神情意態毫不關注水光山色，而寫出文章？」庾公說：「他的風度韻致雖然比不上你們諸位，但也有許多令人欽佩之處。」孫興公於是經常玩味這句話。

勝我自知

王長史云①：「劉尹知我②，勝我自知。」

【注釋】❶王長史：即王濛。❷劉尹：即劉惔。

【翻譯】

王長史說：「劉尹了解我，超過我了解自己。」

謝太傅道安北

謝太傅道安北①：「見之乃不使人厭，然出户去，不復使人思。」

【注釋】❶安北：將軍的名號，即安北將軍，這裏指王坦之。

【翻譯】

謝太傅評論安北將軍王坦之：「見到他並不使人生厭，但是他出門走後，又不再讓人思念。」

許掾詣簡文

許掾嘗詣簡文①，爾夜風恬月朗，乃共作曲室中語。襟情之詠，偏是許之所長，辭寄清婉②，有逾平日。簡文雖契素③，此遇尤相諮嗟，不覺造膝④，共叉手語⑤，達於將旦。既而曰：「玄度才情，故未易多有許。」⑥

【注釋】❶許掾：即許詢。簡文：即簡文帝司馬昱（yù），東晉河內溫縣（今河南溫縣西）人，字道萬，晉元帝的小兒子。初封會稽王，後任丞相、錄尚書事，秉持國政；晉廢帝被廢後，即位為皇帝。死後諡為簡文。❷辭寄清婉：情意寄託的言詞清麗婉轉。❸契素：一貫情意投合。❹造膝：至於膝前。古人交談時常膝頭相近，表示親熱。❺叉手：執手。古人交談時常執手而言，表示敬意與歡情。❻許：這樣，如此。

【翻譯】

許掾曾經到簡文帝那裏去，這一夜風靜月明，於是一道在幽室中貼心地談話。抒發情懷抱負的詩文，許掾最為擅長，言詞清麗婉約，超過了平日。簡文帝雖然同他一貫相知很深，這次會晤更為讚賞，不知不覺中移坐到他的膝頭之前，執手而語，一直談到東方將亮。過後簡文帝說：「玄度的才情，還很少有這樣表露呢。」

范豫章謂其甥

范豫章謂王荊州①：「卿風流俊望，真後來之秀。」②王曰：「不有此舅，焉有此甥？」

【注釋】❶范豫章：即范寧，東晉安陽順陽（今河南淅川東）人，字武子，曾任中書郎、豫章太守。王荊州：即王忱。范寧與王忱是舅甥關係。❷秀：指特別優異的人才。

【翻譯】

范豫州對王荊州說：「你超逸英俊，聲名不凡，真是後起之秀。」王荊州說：「沒有您這樣的舅舅，哪有我這樣的外甥？」

王大故自濯濯

王恭始與王建武甚有情①，後遇袁悅之間②，遂致疑隙，然每至興會，故有相思時。恭嘗行散至京口射堂③，于時清露晨流，新桐初引④，恭目之曰⑤：「王大故自濯濯。」⑥

【注釋】❶王恭：東晉太原晉陽（今山西太原西南）人，字孝伯，曾任青、兗二州刺史。王建武：即王忱。❷袁悅：東晉陳郡陽夏（今河南太康）人，字元禮，官至驃騎諮議。❸行散（sǎn）：魏晉時人喜歡服用一種名叫五石散的藥，服後須漫步以散發藥性，稱為行散。射堂：練習射箭的場所。❹引：伸長。❺目：魏晉期間對人物的評議、品題叫做目。❻故：加強語氣的虛詞，有「當然」、「確實」的意思。濯（zhuó）濯：明淨清新的樣子。

【翻譯】

王恭起初同王建武的感情很好，後來遭到袁悅的離間，才造成了猜疑隔閡，但是每逢高興的時候，依舊相互思念。王恭曾在服用五石散後漫步到京口的射場去，當時清澈的露珠在晨光中滾動，初生的桐枝探出新芽，王恭見此想起了王建武，評論他說：「王大真是清朗而又明淨。」

孝伯常有新意

王恭有清辭簡旨，能敘說，而讀書少，頗有重出。有人道：「孝伯常有新意，不覺為煩。」

【翻譯】

王恭的談論言辭清脫，意旨簡約，善於敘說，但讀書較少，常有重複的地方。有人評論他：「常有新的立意，因此也不覺得他厭煩。」

九　品藻

品藻的意思是鑒別流品。在《品藻》門中，作者往往把那些互有關聯的人物，如父子、兄弟、同僚、朋友，或氣質相近者，放在一起進行比較，以區別其優劣高下。這類評鑒活動，當事人也不迴避，並且總是自視甚高。如王敦認為同自己的四位朋友相比，最強的還是他本人；王羲之、王獻之父子同以書法名世，獻之卻自以為勝過其父一籌；溫嶠聽別人評論南渡功臣，第一流快說完了還沒有提到自己，便急得臉上失色。從傳統觀念來看，這似乎是一種不謙遜的表現，但它恰恰反映了魏晉時期知識分子思想的解放。長期以來，知識分子在儒家思想下受到的束縛，隨着魏晉時期儒學統治地位的削弱而逐漸消失，代之而起的是人的強烈的自信與自尊。殷浩所謂「我與我周旋久，寧作我」，便是這種自信與自尊的高度體現。

諸葛門三兄弟

諸葛瑾、弟亮及從弟誕①，並有盛名，各在一國。于時以為蜀得其龍②，吳得其虎③，魏得其狗④。誕在魏，與夏侯玄齊名⑤；瑾在吳，吳朝服其弘量。

【注釋】❶諸葛瑾：三國琅邪陽都（今山東沂南南）人，字子瑜。仕吳任長史、南郡太守，孫權稱帝後，官至大將軍。亮：即諸葛亮，三國琅邪陽都（今山東沂南南）人，字孔明。輔佐劉備建立蜀國，任蜀丞相，封武鄉侯。誕：即諸葛誕，字公休，仕魏任鎮東將軍、司空。據裴松之《三國志注》載，諸葛誕只是諸葛瑾的族弟，而不是堂弟。❷蜀：即蜀漢，三國之一，劉備建立的國家政權，後被魏所滅。❸吳：即東吳，三國之一，孫權建立的國家政權，後被晉所滅。❹魏：三國之一，曹丕建立的國家政權，後被晉所取代，國亡。狗：古時稱幼小的動物為狗（據劉盼遂《世說新語校箋》說）。❺夏侯玄：三國魏譙郡譙（今安徽亳州）人，字太初，曾任征西將軍、都督雍涼二州諸軍事。

【翻譯】

諸葛瑾與弟弟諸葛亮以及堂弟諸葛誕，都有極高的聲名，各自在一個國家任職。當時的人都認為蜀國得到了他們家的一條龍，吳國得到了他們家的一頭虎，魏國得到了他們家的一隻幼仔。諸葛誕在魏國，同夏侯玄的聲名相當，諸葛瑾在吳國，吳國朝廷裏都佩服他有寬大的胸懷。

王大將軍四友

王大將軍下①，庾公問②：「聞卿有四友，何者是？」答曰：「君家中郎③，我家太尉、阿平、胡毋彥國④。阿平故當最劣。」庾曰：「似未肯劣。」庾又問：「何者居其右？」王曰：「自有人。」又問：「何者是？」王曰：「噫！其自有公論。」左右躡公，公乃止。

【注釋】❶大將軍：官名，是將軍的最高稱號，職掌統兵征戰。三國至南北朝時大臣執政，多兼大將軍官號。王大將軍：即王敦。下：即下都。❷庾公：即庾亮。❸中郎：即從事中郎，將帥的幕僚。這裏指庾敳。❸太尉：這裏指王衍。阿平：即王澄，西晉琅邪臨沂（今屬山東）人，字平子，曾任荊州刺史、軍諮祭酒。當時在人的字之前加上「阿」字，是一種表示親昵的稱呼。胡毋（wú）彥國：西晉泰山奉高（今山東泰安東）人，複姓胡毋，名輔之，字彥國，曾任陳留太守、揚武將軍、湘州刺史。

【翻譯】

王大將軍來到京都，庾公問他：「聽說你有四位朋友，都是些甚麼人啊？」王回答說：「您家的中郎，我家的太尉、阿平以及胡毋彥國。其中阿平該是最差的。」庾公說：「好像也不會自甘居後。」又問：「誰又在他們之上呢？」王大將軍回答說：「自有其人。」庾公追問說：「到底是誰呢？」王說：「嗐！這自有公論。」身邊的人用腳踩庾公示意，庾公才沒有再追問。

溫太真失色

世論溫太真是過江第二流之高者①。時名輩共說人物，第一將盡之間，溫常失色②。

【注釋】❶溫太真：東晉太原祁縣（今屬山西）人，名嶠（jiào），字太真，曾任劉琨左司馬、中書令、江州刺史。過江：晉愍帝建興四年（316），劉曜（yào）攻陷長安，愍帝被虜。第二年，元帝即位於建康（今江蘇南京），建立東晉王朝。當時黃河流域廣大地區被內遷的少數民族貴族統治者佔領，中原地區的士族多渡江南下避亂。❷失色：這裏指溫嶠唯恐第一流人物中沒有自己而驚慌失色。

【翻譯】

世間評論溫太真是渡江南下第二流人物中的佼佼者。當時名流們在一道評議人物，將要說完第一流的時候，溫太真常常驚慌得變了臉色。

桓公與殷侯齊名

桓公少與殷侯齊名①，常有競心。桓問殷：「卿何如我？」②殷云：「我與我周旋久③，寧作我。」

【注釋】❶殷侯：即殷浩。❷何如：比較人物高下或事情得失的習慣用語，表示「同……相比，哪一個更……」。❸周旋：應酬，交往。「我與我周旋久」，《晉書・殷浩傳》作「我與君周旋久」，語意更佳。

【翻譯】

桓公年輕時同殷侯聲名相當，但常有與之比高下的心意。桓公曾問殷侯：「你同我相比，哪一個更強一些？」殷侯回答說：「我同我打交道的時間長，寧可還是當我自己。」

會稽王語奇進

桓大司馬下都①，問真長曰②：「聞會稽王語奇進③，爾邪？」劉曰：「極進，然故是第二流中人耳！」桓曰：「第一流復是誰？」劉曰：「正是我輩耳！」

【注釋】❶大司馬：官名，掌管國家政務。魏晉期間，大司馬的稱號多半授予權勢特重的大臣。桓大司馬：即桓溫。❷真長：即劉惔。❸會稽王：指簡文帝司馬昱。

【翻譯】

桓大司馬來到京都，問劉真長：「聽說會稽王的言談進步飛快，是這樣嗎？」劉回答說：「極有長進，但依然只是第二流中的人物而已！」桓又問：「第一流又是些甚麼人呢？」劉說：「正是我們這一些人！」

殷侯既廢

殷侯既廢①，桓公語諸人曰：「少時與淵源共騎竹馬，我棄去，已輒取之，故當出我下。」

【注釋】❶廢：指罷免官職。晉穆帝永和八年（352），殷浩任都督揚、豫、徐、兗、青五州軍事進取中原時，被前秦擊敗，次年又遭姚襄伏擊，大敗而回。桓溫乘機挾嫌上疏，殷被免為庶人。

【翻譯】

殷侯被免官之後，桓公對大家說：「小時候我同淵源一道騎竹馬，我丟棄不要的，他總是撿去玩，他當然應該在我之下。」

王長史答茍子問

劉尹至王長史許清言①，時茍子年十三②，倚牀邊聽。既去，問父曰：「劉尹語何如尊？」③長史曰：「韶音令辭，不如我；往輒破的，勝我。」

【注釋】❶劉尹：即劉惔。王長史：即王濛。清言：清談、玄談。❷茍子：即王脩，東晉太原晉陽（今山西太原西南）人，字敬仁，小字茍子，王濛之子。曾任著作郎、琅邪王文學。升任中軍司馬，未及就職而死。❸尊：對父親的尊稱，也可稱呼伯父、叔父。

【翻譯】

劉尹到王長史住處清談，當時苟子十三歲，靠在坐榻邊聽。劉尹走後，苟子問父親：「劉尹的言談同您相比，哪一個更強？」王長史說：「言辭的美妙，他比不上我；但是說話總能切中要旨，卻又超過我。」

不能復語卿

有人問謝安石、王坦之優劣於桓公①。桓公停，欲言，中悔曰：「卿喜傳人語，不能復語卿。」

【注釋】❶謝安石：即謝安。王坦之：東晉太原晉陽（今山西太原西南）人，字文度，王述之子。曾任侍中、中書令，領北中郎將、徐兗二州刺史，死後追贈安北將軍。

【翻譯】

有人向桓公問到謝安石、王坦之二人的高下優劣。桓公沉吟了一下，正準備講，半途又翻悔道：「你喜歡傳人的話，不能再對你說。」

汝兄自不如伊

王僧恩輕林公①，藍田曰②：「勿學汝兄③，汝兄自不如伊。」

【注釋】❶王僧恩：即王禕（yī）之，東晉太原晉陽（今山西太原西南）人，字文劭，小字僧恩，王述第二子，官至中書郎。林公：即支遁。❷藍田：即王述。❸汝兄：指王坦之。

【翻譯】

王僧恩看不起林公，藍田說：「不要學你的兄長，你兄長也比不上他。」

曹蜍李志見在

庾道季云①：「廉頗、藺相如雖千載上死人②，懍懍恆如有生氣；曹蜍、李志雖見在③，厭厭如九泉下人。人皆如此，便可結繩而治，但恐狐狸貒貉啖盡。」④

【注釋】❶庾道季：東晉潁川鄢陵（今河南鄢陵西北）人，名龢（hé），字道季，曾任丹陽尹、中領軍。❷廉頗：戰國時趙國名將，在與齊、魏、燕等國交戰中屢獲大勝。藺相如：戰國時趙國大臣，曾在兩次外交活動中，面對秦王據理力爭，維護了趙國的尊嚴。他對廉頗能容忍謙讓，使之愧悟，成為團結禦侮的至交。❸曹蜍（chú）：東晉彭城（治所在今江蘇徐州）人，名茂之，字永世，小字蜍，官至尚書郎。李志：東晉江夏鍾武（今屬湖北）人，字溫祖，官至南康相。見：同「現」。❹貒（tuān）：又寫作「貒」，動物名，也稱豬獾。貉（hé）：又寫作「貉」，動物名，也稱狗獾。狐狸貒貉啖盡：被野獸吃盡（據劉盼遂《世說新語校箋》說）。

【翻譯】

庾道季說：「廉頗、藺相如雖然是死了上千年的古人，但他們那嚴正的形象卻永遠保持着勃勃生氣；曹蜍、李志雖然現在還活着，但卻是奄奄一息有如黃泉下的死人。如果人人都像這樣，便可回到結繩而治的時代，不過只怕我們這些人也都要被野獸吃盡了。」

共道「竹林」優劣

謝遏諸人共道「竹林」優劣①，謝公云：「先輩初不臧貶七賢。」②

【注釋】❶謝遏：即謝玄。竹林：指「竹林七賢」，即阮籍、嵇康、山濤、向秀、阮咸、王戎、劉伶七人，他們相互友善，常宴集於竹林之下，當時人稱之為「竹林七賢」。❷臧（zāng）貶：褒貶，品評高下。

【翻譯】

謝遏等人一道品評「竹林七賢」的高下優劣，謝公說：「前輩們從來不對這七位賢人妄加評論。」

吉人之辭寡

王黃門兄弟三人俱詣謝公①，子猷、子重多說俗事②，子敬寒溫而已③。既出，坐客問謝公：「向三賢孰愈？」謝公曰：「小者最勝。」客曰：「何以知之？」謝公曰：「吉人之辭寡，躁人之辭多④。推此知之。」

【注釋】❶黃門：即黃門侍郎。王黃門：即王徽之，東晉琅邪臨沂（今屬山東）人，字子猷，王羲之第五子，官至黃門侍郎。❷子重：即王操之，字子重，王羲之第六子，曾任侍中、尚書、豫章太守。❸子敬：即王獻之。❹吉人之辭寡，躁人之辭多：這是《易經・繫辭》中的文句。

【翻譯】

王黃門兄弟三人一起到謝公那裏去。子猷、子重大多說些凡庸的事，子敬只是寒暄幾句罷了。三人走後，席間的客人問謝公：「剛剛三位賢人誰強一些？」謝公說：「小的最高明。」客人又問：「怎麼知道的呢？」謝公說：「賢能的人話少，浮躁的人話多。由此可以推知。」

王子敬答謝公問

謝公問王子敬①：「君書何如君家尊？」答曰：「固當不同。」公曰：「外人論殊不爾。」②王曰：「外人那得知！」

【注釋】❶王子敬：即王獻之。❷殊：很，非常。

【翻譯】

謝公問王子敬：「您的書法同您父親相比，誰更好一些？」王回答說：「本來就自有不同。」謝公說：「外人的評論卻不是這樣。」王說：「外人哪能了解呢！」

人固不可以無年

王珣疾①，臨困，問王武岡曰②：「世論以我家領軍比誰？」③武岡曰：「世以比王北中郎。」④東亭轉臥向壁，歎曰：「人固不可以無年！」⑤

【注釋】❶王珣：東晉琅邪臨沂（今屬山東）人，字元琳，丞相王導之孫，曾任桓溫主簿、尚書左僕射，封東亭侯。❷王武岡：即王謐（mì），東晉琅邪臨沂（今屬山東）人，字稚遠（袁氏本《世說新語》注引《中興書》作「雅遠」，此據《晉書・王謐傳》），曾任中書令、吏部尚書、司徒，襲爵武岡侯。❸領軍：官名，統率禁軍。這裏指王珣父王洽，字敬和。曾任司徒左長史、建武將軍、吳郡內史，徵拜為領軍，未就職，年三十六而死。❹北中郎：即北中郎將，統率北署中的皇帝衛侍，東漢以後，統兵將領也多用此名，同時兼領刺史等其他職銜，位任頗重。王北中郎：即王坦之。❺人固不可以無年：王珣的意思是其父王洽聲名德行都超過王坦之，只因短命而死，世人才只把他同王坦之相提並論。

【翻譯】王珣生病，臨危時問王武岡：「世間的輿論把我家領軍比作甚麼人？」武罔回答說：「把他比作王北中郎。」東亭轉身面壁而臥，歎息說：「一個人確實不能無壽啊！」

王楨之答桓玄問

桓玄為太傅①，大會，朝臣畢集。坐裁竟②，問王楨之曰③：「我何如卿第七叔？」④于時賓客為之咽氣。王徐徐答曰：「亡叔是一時之標，公是千載之英。」一坐歡然。

【注釋】❶桓玄：東晉譙國龍亢（今安徽懷遠西）人，字敬道，小字靈寶，桓溫之子，襲爵南郡公，曾任義興太守、江州刺史。晉安帝元興元年（402）舉兵東下，攻入京都，執掌朝政，次年代晉自立，國號楚。不久，劉裕起兵聲討，他兵敗被殺。太傅：當據《晉書・王楨之傳》、《桓玄傳》作「太尉」。❷裁：通「纔」，現簡化為「才」。❸王楨之：東晉琅邪臨沂（今屬山東）人，字公幹，王徽之之子，曾任侍中、大司馬長史。❹卿第七叔：指王獻之。

【翻譯】

桓玄擔任太尉時，舉行盛大集會，朝廷的大臣們全都聚集在一起。剛剛坐定，桓玄便問王楨之：「我同你的七叔相比，哪一個更強一些？」當時賓客們都緊張得屏住氣息。王楨之慢悠悠地回答說：「我去世的叔父是一時的典範，您是千載以來的英傑。」在座的人都非常欣喜。

十　規箴

規箴的意思是正言勸誡。這裏主要是勸誡統治者的暴虐昏亂、貪鄙無恥。魏晉是歷史上少有的亂世，統治者的這類惡行也就表現得特別充分。晉武帝明知太子是白癡，卻自欺欺人，拒不納諫，仍把皇位傳給他，結果釀成西晉的大亂；西晉朝廷上下聚斂無厭，連貴族婦女也染上了這種惡習，王衍的妻子為了牟利，竟不惜家聲讓婢女擔糞；統治者對待人民也是極為殘暴的，亂臣蘇峻東征，竟要火燒民房以示威。作者立《規箴》門的本意，大約只是要表彰勸誡者的勇氣與才智，而起到的實際作用又包含了對統治者的揭露。也有一些很有意義的規箴之辭，如慧遠勉勵僧徒：「但願朝陽之輝，與時並明耳。」至今廣為傳誦，成為鼓舞人們好學向上的動力。

乳母求救東方朔

漢武帝乳母嘗於外犯事①，帝欲申憲②，乳母求救東方朔③。朔曰：「此非唇舌所爭。爾必望濟者④，將去時但當屢顧帝，慎勿言，此或可萬一冀耳。」乳母既至，朔亦侍側，因謂曰：「汝癡耳！帝豈復憶汝乳哺時恩邪？」帝雖才雄心忍，亦深有情戀，乃淒然愍之，即敕免罪。

【注釋】❶犯事：據褚少孫補《史記・滑稽列傳》記載，違犯禁令的是乳母的子孫家奴，乳母因受牽連而得罪。❷申：通「伸」。申憲：伸張法令。❸東方朔：西漢平原厭次（今山東惠民）人，字曼倩，曾任太中大夫，為人詼諧機智。❹爾：你。先秦兩漢時期略帶輕賤、狎昵的意味。

【翻譯】

漢武帝的乳母曾在宮外觸犯禁令，武帝準備依法治罪，乳母去向東方朔求救。東方朔說：「這不是憑口舌能夠爭辯的事。你一定想要得救的話，離去之時只管頻頻回頭看皇上，千萬不要說話，這樣或許有一點點希望。」乳母來見武帝，東方朔也在旁邊侍立，便乘機對她說：「你真是發癡了！難道皇上還會想着你哺乳時的恩情嗎？」漢武帝雖然才略過人，性格剛毅，但也很有依戀之情，見此十分感傷，產生了憐憫之心，隨即下令免了她的罪。

京房與漢元帝

京房與漢元帝共論①，因問帝：「幽、厲之君何以亡②？所任何人？」答曰：「其任人不忠。」房曰：「知不忠而任之，何邪？」曰：「亡國之君，各賢其臣，豈知不忠而任之？」房稽首曰③：「將恐今之視古，亦猶後之視今也。」

【注釋】❶京房：西漢東郡頓丘（今河南清豐西南）人，本姓李，自改為京氏，字君明。曾立為博士，因劾奏石顯專權，出為魏郡太守。漢元帝：即劉奭（shì），西漢皇帝，漢宣帝之子。愛好儒術，統治期間賦役繁重，西漢開始由盛轉衰。❷幽：指周幽王，西周天子，周宣王之子，名宮涅。厲：指周厲王，西周天子，周穆王四世孫，名胡。周幽王、周厲王都是我國歷史上出名的昏庸暴戾之君。❸稽（qǐ）首：古代最為恭敬的一種跪拜禮。行禮時，下跪，兩手拱至地，頭至手，但不觸地，整套動作都較緩慢。

【翻譯】

京房同漢元帝一道談論政事，趁便問元帝：「周幽王、周厲王兩位君主為甚麼會亡國呢？他們任用了一些甚麼人？」元帝回答說：「他們任用的人不忠誠。」京房說：「知道不忠誠卻要任用他們，是甚麼原因呢？」元帝說：「大凡亡國之君，各自都認為任用的臣下是賢能的，哪裏會知道不忠誠卻又任用他們呢？」京房叩頭說：「只怕我們今天看古人，也像是後代的人看我們今天一樣啊。」

衛瓘佯醉諷武帝

晉武帝既不悟太子之愚①，必有傳後意，諸名臣亦多獻直言。帝嘗在陵雲台上坐②，衛瓘在側③，欲申其懷，因如醉跪帝前，以手撫床曰④：「此坐可惜！」帝雖悟，因笑曰：「公醉邪？」

【注釋】❶晉武帝：即司馬炎。太子：皇帝所指定的繼承人，一般是皇帝的嫡長子。這裏指司馬衷，即後來的晉惠帝，字正度。他癡呆不能理政，繼位後由賈后專權，引起了皇族互相殘殺的「八王之亂」，其後諸王相繼擅政，他形同傀儡。❷陵雲台：魏文帝時修建的木質樓台，在洛陽西遊園中。今已不存。❸衛瓘：西晉河東安邑（今山西夏縣北）人，名瓘（guàn），字伯玉。魏末任廷尉卿，入晉後曾任尚書令、司空、太保。❹床：古代的一種坐臥之具，既可坐，也可臥。相當於今之榻。

【翻譯】

晉武帝一直不覺察太子的愚笨，一心想把帝位傳給他，各位知名的大臣也都直言諫勸。武帝曾在陵雲台上就座，衛瓘在他旁邊，想要表達內心的想法，於是像喝醉酒似的跪在武帝面前，用手拍着龍牀說：「這個座位真可惜啊！」武帝雖然明白，但也只是笑了笑，說：「您喝醉了吧？」

口未嘗言「錢」字

王夷甫雅尚玄遠①，常疾其婦貪濁②，口未嘗言「錢」字。婦欲試之，令婢以錢繞牀，不得行。夷甫晨起，見錢閡行，呼婢曰：「舉卻阿堵物！」③

【注釋】❶王夷甫：即王衍。❷其婦：指郭氏，見下則《王平子諫郭氏》注❷。❸阿堵：這，這個。

【翻譯】

王夷甫十分崇尚超逸清遠的境界，常常討厭他妻子貪婪鄙濁，因此口中從來不說「錢」字。妻子想試探他，讓使女用一串串的錢把牀繞起來，讓他無法走路。夷甫清晨起牀，看到錢阻礙了走路，高喊使女說：「把這個東西拿走！」

王平子諫郭氏

王平子年十四五①，見王夷甫妻郭氏貪欲②，令婢路上擔糞。平子諫之，並言不可。郭大怒，謂平子曰：「昔夫人臨終③，以小郎囑新婦④，不以新婦囑小郎！」急捉衣裾，將與杖。平子饒力，爭得脱⑤，逾窗而走。

【注釋】❶王平子：即王澄。❷郭氏：郭豫之女。在娘家的姓後加上「氏」字是古代稱呼已婚女子的一種方式。❸夫人：對已婚婦女的尊稱。這裏指王澄的母親，也即郭氏的婆母。❹小郎：婦人稱呼丈夫的弟弟為小郎。新婦：已婚婦女的自稱，丈夫也可稱妻子為新婦。❺爭：等於説掙扎。魏晉南北朝期間還沒有「掙」字，用「爭」字來表示這一意義。

【翻譯】

王平子十四五歲時，看到王夷甫的妻子郭氏貪得無厭，讓使女在路上擔糞。平子便規勸她，並且説不應該這樣做。郭氏非常生氣，對平子説：「先前老夫人臨終時，把你託付給我，並沒有把我託付給你！」一把抓住平子的衣襟，要用木棒打他。平子很有力氣，掙扎着脱了身，跳過窗子逃走了。

陸邁止蘇峻放火

蘇峻東征沈充①，請吏部郎陸邁與俱②。將至吳③，密敕左右，令入閶門放火以示威④。陸知其意，謂峻曰：「吳治平來久⑤，必將有亂；若為亂階⑥，請從我家始。」峻遂止。

【注釋】❶蘇峻：東晉長廣挺縣（今山東萊陽南）人，字子高。曾任鷹揚將軍、冠軍將軍、歷陽內史，有精兵萬人。庾亮執政時，想解除他的兵權，調任為大司農，他與祖約起兵，攻入建康（今江蘇南京），專擅朝政，歷史上稱為「蘇峻之難」。不久，被溫嶠、陶侃等擊敗。沈充：東晉吳興（治所在今浙江吳興南）人，字士居。王敦專權時，曾任車騎將軍、吳國內史，後遭蘇峻征討，被部將殺死。❷吏部郎：官名，掌管官吏的任免、升降、調動。陸邁：東晉吳郡吳縣（今江蘇蘇州）人，字公高，曾任振威太守、尚書吏部郎。❸吳：古城名，故址在今江蘇蘇州。❹閶門：吳城門名。❺來：袁氏本《世說新語》作「未」，現據唐寫本《世說新書》殘卷改。❻亂階：禍亂的來由。

【翻譯】

蘇峻東進征討沈充，請吏部郎陸邁一道前往。將到吳縣時，蘇峻秘密命令左右親信，讓他們進入閶門放火以顯示威風。陸邁知道蘇峻的用意，對他說：「吳地太平無事已經很久了，肯定將要發生禍亂；如果一定要製造禍亂的話，請從我家裏開始。」蘇峻這才停止放火。

莫傾人棟樑

陸玩拜司空①，有人詣之，索美酒，得，便自起，瀉箸樑柱間地②，祝曰：「當今乏才，以爾為柱石之用③，莫傾人棟樑。」玩笑曰：「戢卿良箴。」④

【注釋】❶陸玩：晉吳郡吳縣華亭（今上海松江）人，字士瑤，曾任侍中、尚書左僕射、尚書令，死後追贈太尉。司空：官名，掌管工程，但至兩晉時期已有職無權，只表示對大臣的尊崇。
❷箸：也寫作「著」，是「着」字的本來寫法。放在動詞後面，含有「在」、「到」等意義。
❸爾：你。這裏是來人以擬人化的方式向樑柱說話。❹戢（jí）：收藏。

【翻譯】

陸玩就任司空，有人到他那裏去，要了一杯美酒，拿到後便站起身來，把酒倒在樑柱旁邊的地上，祝願說：「如今缺乏大才，讓你擔負了柱石的重任，不要坍塌了人家的棟樑。」陸玩笑着說：「我一定把你美好的告誡牢記在心間。」

遠公執經諷誦

遠公在廬山中①，雖老，講論不輟。弟子中或有墮者②，遠公曰：「桑榆之光③，理無遠照；但願朝陽之輝，與時並明耳。」執經登坐，諷誦朗暢，詞色甚苦④。高足之徒，皆肅然增敬。

【注釋】❶ 遠公：即慧遠，東晉雁門樓煩（今山西寧武附近）人，本姓賈，年二十一出家。晉孝武帝太元六年（381）入廬山，相傳曾與十八高賢共結蓮社，同修淨業，居二十三年，足未出山。

廬山：山名，在今江西省北部。❷墮：通「惰」。❸桑榆之光：指日暮時的陽光，這時光線照在桑樹榆樹之上。❹苦：指某事進行的程度很深。

【翻譯】

遠公在廬山時，雖然年紀已老，但依然講論佛經，不肯停歇。門徒中有人神情懈怠，遠公便說：「人老了，有如日暮時的陽光，按理已經無法照到遠處；只希望你們年輕人有如早晨的陽光，隨時光的推移而越發明亮。」說完又手拿經卷登上講壇，背誦朗讀，聲音清亮流暢，言辭神色極為懇切，那些高才的門徒都不覺肅然起敬。

桓道恭諫桓南郡

桓南郡好獵①，每田狩②，車騎甚盛③，五六十里中，旌旗蔽隰④，騁良馬，馳擊若飛，雙甄所指⑤，不避陵壑。或行陳不整⑥，麏兔騰逸⑦，參佐無不被繫束。桓道恭⑧，玄之族也，時為賊曹參軍⑨，頗敢直言。常自帶絳綿繩箸腰中，玄問：「此何為？」答曰：「公獵，好縛人士，會當被縛，手不能堪芒也。」玄自此小差⑩。

【注釋】❶桓南郡：即桓玄。❷田：打獵，同「畋」。❸騎（jì）：騎馬的人，騎兵。❹隰（xí）：本指低下的濕地，這裏泛指田野。❺雙甄（zhēn）：打仗時部隊的左右兩翼叫左甄右甄，合稱雙甄。古代狩獵兼起軍事演習的作用，所以也這樣稱説。❻陳：同「陣」。❼麏（jūn）：又寫作「麇」、「麕」，即獐子。❽桓道恭：東晉譙國龍亢（今安徽懷遠西）人，字祖道。曾任淮南太守，桓玄篡位，任江夏相，桓玄死後被殺。❾曹：古代分職治事的部門。賊曹：部門名，主管水火、盜賊、詞訟、罪法等，權比其他各曹重。參軍：官名。❿差：病癒，同「瘥」。小差：本指病稍愈，這裏指稍有好轉。

【翻譯】

桓南郡愛好打獵，每次外出狩獵，車馬隨從很多，五六十里範圍內，旌旗遍佈田野，駿馬馳騁，追擊如飛，左右兩翼隊伍所到之處，不避山陵溝壑。倘或隊伍行列不整齊，讓獐子野兔逃跑了，僚屬便要被捆綁起來。桓道恭，與桓玄是同一家族，當時任賊曹參軍，敢於直話直說。常常自己帶上絳色的絲綿繩繫在腰間，桓玄問：「帶這個做甚麼？」他回答說：「您打獵時歡喜捆綁人，我也總有被捆綁的時候，我的手受不了那繩子上的芒刺啊。」桓玄從此以後才稍稍有所收斂。

十一 捷悟

捷悟的意思是思路敏捷，領悟迅速。魏晉時期，十分重視人的聰明才智，《捷悟》門便充分體現了這一點。本門以記載楊脩事蹟為主，共七條，他一人佔了四條。楊脩是漢末建安時人，是曹操之子曹植的好友。他的聰明才智，在當時及其後都是出了名的，《世說新語》中有關他的故事，至今仍膾炙人口。

然而在魏晉時期激烈的權力鬥爭面前，楊脩就顯得太純真了，曹操在確立曹丕為太子後，因怕楊脩為曹植出謀劃策招致禍亂，便借故殺了他。同楊脩形成鮮明對比的是郗超，他幫着父親裝糊塗，結果消除了權臣桓溫的疑忌，他父親也因此免了禍。作者在本門裏沒有直述楊脩的不幸結局，但卻在後面安排了郗超的故事，其用意之所在，是值得玩味的。

楊脩令壞相國門

楊德祖為魏武主簿①，時作相國門②，始構榱桷，魏武自出看，使人題門作「活」字，便去。楊見，即令壞之，既竟，曰：「『門』中『活』，『闊』字，王正嫌門大也。」

【注釋】❶楊德祖：漢末弘農華陰（今屬陝西）人，名脩，字德祖。曾任丞相曹操主簿，好學能文，才思敏捷，後被曹操所殺。魏武：即曹操。主簿：官名。❷相國：官名，職守與丞相同。魏晉以後，相國比丞相更為尊貴，這裏是對丞相曹操的尊稱。

【翻譯】

楊德祖任魏武帝的主簿，當時正在修建相國府的大門，剛剛架上椽子時，魏武帝親自出來察看，讓人在門上題寫了一個「活」字，隨即走了。楊見到後，立即讓人把門拆毀，拆完之後，說：「『門』字中一個『活』，是『闊』字，魏王正是嫌門太大了。」

楊脩啖酪

人餉魏武一杯酪①，魏武啖少許②，蓋頭上題「合」字以示眾，眾莫能解。次至楊脩，脩便啖，曰：「公教人啖一口也③，復何疑？」

【注釋】❶魏武：即曹操。酪：乳製食品。❷許：用在「多」、「多多」、「少」等後面，表示「許多」、「許許多多」、「一點兒」等意思。❸人啖一口：「合」字拆開來是「一人一口」，所以說「人啖一口」。

【翻譯】

有人送給魏武帝一杯乳酪，魏武帝吃了一點兒，在蓋子上頭寫了一個「合」字拿給大家看，眾人中沒有誰能理解他的用意。依次輪到楊脩，他接過來便吃，說：「曹公教每人吃一口，還有甚麼好猶豫的呢？」

魏武過曹娥碑下

魏武嘗過曹娥碑下①，楊脩從，碑背上題作「黃絹、幼婦、外孫、齏臼」八字②。魏武謂脩曰：「解不？」答曰：「解。」魏武曰：「卿未可言，待我思之。」行三十里，魏武乃曰：「吾已得。」令脩別記所知。脩曰：「黃絹，色絲也，於字為『絕』；幼婦，少女也，於字為『妙』；外孫，女子也，於字為『好』；齏臼，受辛也③，於字為『辭』：所謂『絕妙好辭』也。」魏武亦記之，與脩同，乃歎曰：「我才不及卿，乃覺三十里。」④

【注釋】❶曹娥：東漢會稽上虞（今屬浙江）人。其父溺水而死，她沿江號哭，晝夜不絕，經歷十七日也投江而死。後縣長度尚葬曹娥於江南道旁，並立下了碑石，碑文由邯鄲淳寫成，這就是曹娥碑。漢末蔡邕又在碑背上題寫了「黃絹、幼婦、外孫、齏臼」八字。❷碑背上：袁氏本《世說新語》「上」字後有一「見」字，現據唐寫本《世說新書》殘卷刪。齏：製成細末的醃菜。齏臼：搗製齏的器具。❸受辛：古代搗製時常加上大蒜等具有辛辣味道的佐料，因此虀臼要承受辛辣。「受」、「辛」兩字合成一「辤」字，是「辭」的異體字。❹覺：通「較」，相差，相距。

【翻譯】

魏武帝曾經從曹娥碑下經過，楊脩跟隨着，碑的背面題寫了「黃絹、幼婦、外孫、虀臼」八個字。魏武帝對楊脩說：「懂嗎？」楊脩回答說：「懂。」魏武帝說：「你不要講出來，讓我想想看。」走了三十里路，魏武帝才說：「我已經想出來了。」於是讓楊脩另外記下他所理解的意思。楊脩記道：「黃絹，是有色之絲。在字當中是一個『絕』字；幼婦，是年少女子，在字當中是一個『妙』字；外孫，是女兒之子，在字當中是一個『好』字；虀臼，是受辛之器，在字當中是一個『辭（辤）』字：合起來就是『絕妙好辭』的意思呀。」魏武帝也記下了自己的理解，與楊脩所記相同，於是他感歎地說：「我的才思比不上你，竟然相差三十里。」

郗嘉賓更作箋

郗司空在北府①，桓宣武惡其居兵權。郗於事機素暗，遣箋詣桓②：「方欲共獎王室，修復園陵。」③世子嘉賓出行④，於道上聞信至，急取箋，視竟，寸寸毀裂，便回還，更作箋，自陳老病，不堪人間⑤，欲乞閒地自養。宣武得箋大喜，即詔轉公督五郡⑥，會稽太守⑦。

【注釋】❶司空：官名，掌管工程，但至兩晉時期已有職無權，只表示對大臣的尊崇。郗司空：即郗愔（yīn），東晉高平金鄉（今屬山東）人，字方回，曾任輔國將軍、會稽內史、都督浙江東五郡軍事，死後追贈為司空。北府：晉人稱京口（今江蘇鎮江）為北府。❷箋：給上級或尊長者的書札。❸園陵：本指帝王的墓地，這裏指朝廷國家。❹世子：古代帝王與諸侯正妻所生的長子叫世子。郗愔襲爵南昌公，其嫡長子也稱為世子。嘉賓：即郗超。❺人間：人世間事，這裏指擔任官職。❻督五郡：據《晉書‧郗愔傳》載，此為都督浙江東五郡軍事。郗愔這次調職，名義上雖然是升遷，但已離開京口這一險要之地，除去了桓溫心內的隱病。❼會稽：郡名（今浙江紹興）。太守：官名。

【翻譯】

郗司空駐兵在京口，桓宣武很討厭他掌握着軍事實權。郗愔對於事情發展的跡象一貫不很清醒，寫了一封書信給桓溫，其中説：「正要共同輔佐朝廷，恢復晉室山河。」郗愔的兒子嘉賓適逢外出，在路上聽説使者到了，趕忙取過書信來，看完後，一寸寸地把它撕毀，隨即回去，代父親重新寫了一封書信，陳述自己年老多病，不能擔任重職，希望求得一塊閒散之地養老。桓宣武收到書信後非常高興，立即下令升任郗愔都督五郡軍事，兼任會稽太守。

十二　夙惠

「夙」指早，「惠」通「慧」，指聰明；夙惠就是自小聰明。這裏專門記載了漢末魏晉時期聰明孩子的故事。注意收集這方面的事蹟，也是《世説新語》的一個重要特點，除了《夙惠》門外，《德行》、《言語》諸門中這類故事也不少，這當然同當時重視人物聰明才智的風氣有關。

一般説來，孩子的故事總是使人輕鬆愉快的，但《世説新語》中的這類故事卻不盡然，其中相當一部分有着複雜的社會歷史背景和深刻的含意。以這裏選譯的兩則為例，就很能看清問題。何晏本是漢末貴戚何進的孫子，曹操則是新興的實力人物，然而東漢帝國崩潰以後，何晏的母親卻做了曹操的如夫人，何晏也只好隨之住進曹府。由此可以看出漢魏之交統治階級內部勢力的變化。至於晉明帝對於「長安何如日遠」這一問題作出的兩種不同回答，也不是單純地玩弄辭令，而是各有其針對性。晉室東渡建康，是因為外族侵略者佔領了中原地區。對於歷盡辛苦才到達建康的長安來人，明帝言語中不能不有所照顧，所以才有「日遠，不聞人從日邊來（只聞人從長安來）」的回答；而次日集羣臣宴會，明帝突然改口說「日近」，則含有激勵羣臣的意思。「舉目見日，不見長安」，是因為長安已淪入敵手的緣故啊！《世說新語》素以語言簡約雋永著稱於世。簡約雋永意味着用簡要的言語表達豐富深刻的內涵，《夙惠》門便充分體現了這一特點。

何氏之廬

何晏七歲①，明惠若神②，魏武奇愛之③，因晏在宮中④，欲以為子。晏乃畫地令方，自處其中。人問其故，答曰：「何氏之廬也。」魏武知之，即遣還外⑤。

【注釋】❶何晏：三國魏南陽宛縣（今河南南陽）人，字平叔。曾隨母被曹操收養，官至尚書、典選舉。❷惠：通「慧」。❸魏武：即曹操。❹晏在宮中：據唐寫本《世説新書》殘卷注引《魏氏春秋》記載，何晏的母親名尹，當了武王曹操的夫人，因此何晏也在王宮中長大。❺還外：袁氏本《世説新語》「還」字後無「外」字，現據唐寫本《世説新書》殘卷補。

【翻譯】

何晏七歲時，出奇地聰明，魏武帝特別喜愛他，由於何晏住在王宮中，所以想收他做自己的兒子。何晏便在地上畫了一塊方格，自己呆在當中。有人問他為甚麼這樣做，他回答説：「這是何家的房屋。」魏武帝知道這件事後，隨即把他打發出了王宮。

晉明帝兩答父問

晉明帝數歲①，坐元帝膝上②。有人從長安來③，元帝問洛下消息④，潸然流涕⑤。明帝問何以致泣，具以東渡意告之。因問明帝：「汝意謂長安何如日遠？」答曰：「日遠。不聞人從日邊來，居然可知。」元帝異之。明日，集羣臣宴會，告以此意，更重問之。乃答曰：「日近。」元帝失色，曰：「爾何故異昨日之言邪？」答曰：「舉目見日，不見長安。」

【注釋】❶晉明帝：即司馬紹，河內溫縣（今河南溫縣西）人，字道畿（jī），元帝長子。初為東中郎將，後立為皇太子，即帝位三年死。❷元帝：即晉元帝司馬睿，字景文。初襲封琅邪王，長安失陷後，他在南方建立政權，史稱東晉。後因王敦擅政，憂憤而死。❸長安：古都名，西晉末年，逢十六國之亂，京都洛陽淪陷，愍帝（313—316年在位）即建都於此。故城在今陝西西安西北。❹洛：洛陽。下：指所在之處。元李治《敬齋古今黈（tǒu）拾遺》卷二說，洛稱為洛下，稷稱為稷下，用「下」字來稱呼，等於說在這個地方。洛下：等於說洛陽。❺潸（shān）然：流淚的樣子。

【翻譯】

晉明帝才幾歲時，坐在元帝膝頭上。有人從長安來，元帝問到洛陽的消息，不由得流下眼淚。明帝問他為甚麼哭，元帝便把自己東渡長江而來的意向全都告訴了他。接着問明帝：「你認為長安同太陽相比，哪一個更遠呢？」明帝回答說：「太陽遠。沒聽說有人從太陽那邊來，這就顯然可知。」元帝感到很驚異。第二天，元帝召集部屬舉行宴會，把明帝所說的意思告訴大家，然後又重新問明帝。明帝卻回答說：「太陽近。」元帝驚愕失色，說：「你為甚麼同昨天說的話不同呢？」明帝回答說：「抬頭只能看見太陽，卻看不見長安。」

十三　豪爽

豪爽的意思是豪放爽直。這也是魏晉時期相當推崇的人物個性之一。有趣的是，本門的描寫對象，以東晉初期權臣王敦和東晉中期權臣桓溫為主。這兩位都是赤裸裸的野心家，他們的豪爽，也就表現在毫不掩飾自己的野心上。王敦追慕曹操的為人，一心謀奪晉室江山，他以如意敲擊唾壺，高詠曹操詩句的舉動，充分體現了野心家夙志難酬的焦灼心情。桓溫則處處以王敦為仿效對象，雖然明知王敦起事未成，死後受人唾罵，但在經過王敦墓前，仍禁不住連呼：「可兒！可兒！」（《賞譽》）反映了他引王敦為同類，圖謀篡逆的禍心。令人不解的是，這樣兩個晉室叛臣，為甚麼會受到他們同時代人以及《世說新語》作者的青睞？這一方面出於魏晉的特殊風尚，由於傳統的儒家道德標準在時代的動盪面前已失去了權威，魏晉人士更看重的是英雄（或奸雄）豪傑，而不是忠臣義士；另一方面則因為作者在創作過程中的類型化傾向。《世說新語》分門類描寫人物，每一門類表現魏晉人士的一種總體性格特徵，作者在描寫、評價某一特定人物在某一門類中的表現時，並不考慮他在其他門類中的表現。這些因素，構成了《世說新語》人物描寫與人物評價的複雜性。

王處仲擊唾壺

王處仲每酒後①，輒詠：「老驥伏櫪，志在千里；烈士暮年②，壯心不已。」以如意打唾壺③，壺口盡缺。

【注釋】❶王處仲：即王敦。❷烈士：立志建立功業、視死如歸的人。「老驥伏櫪，志在千里；烈士暮年，壯心不已」，是曹操《步出夏門行》中的詩句。❸如意：又稱爪杖。選用骨、角、竹、木、玉、石、銅、鐵等材料製成，長三尺左右，柄端作手指形或心字形，用來搔癢，可如人意，因而得名。魏晉期間名士清談常用以指劃，以助語勢；僧人宣講佛經，也可記經文於上，以備遺忘。用銅鐵等製成的如意，兼可防身。近世的如意，長不過一二尺，其端多作芝形、雲形，主要用來玩賞。唾壺：又稱唾盂，是供吐痰等用的壺，通常用玉或石製成，其形制比今痰盂要小。

【翻譯】

王處仲每次飲酒之後，總要吟詠：「老了的駿馬雖然伏在馬廄之中，但是牠的志向卻還是日行千里；有志之士雖然到了晚年，但是他的雄心依舊沒有止息。」一邊吟詠，一邊用如意擊唾壺為節拍，唾壺口全都敲缺了。

祖車騎傳語阿黑

王大將軍始欲下都①，更處分樹置，先遣參軍告朝廷，諷旨時賢。祖車騎尚未鎮壽春②，瞋目厲聲語使人曰：「卿語阿黑③，何敢不遜！催攝面去④，須臾不爾，我將三千兵槊脚令上。」⑤王聞之而止。

【注釋】❶王大將軍：即王敦。❷祖車騎：即祖逖（tì），東晉范陽遒縣（今河北淶水北）人，字士稚。西晉末年率親黨數百家南下，晉元帝時任奮威將軍、豫州刺史，率部北伐，收復了黃河以南地區。壽春：縣名，治所在今安徽壽縣，其時為豫州及淮南郡治所。❸阿黑：王敦的小字。❹攝：聚集，統率。面：轉面。❺槊腳：用槊戳腳。上：從東晉京都建康（今江蘇南京）沿江而往上游向西叫做上。

【翻譯】

王大將軍起先想來京都，對朝中的政務人事重新作一番安排處置，他先派遣參軍報告朝廷，同時又向當時的賢達名流透露了這個意思。祖車騎這時還沒有去鎮守壽春，他怒目高聲地對使者說：「你回去告訴阿黑，怎敢這樣不恭順！叫他趕快集合部隊掉頭回去，只要稍有遲疑不這樣做，我馬上就率領三千士兵用長矛戳他的腳要他回去。」王敦聽到這話便停止了東進。

桓石虔救桓沖

桓石虔①，司空豁之長庶也②，小字鎮惡。年十七八，未被舉③，而童隸已呼為鎮惡郎④。嘗住宣武齋頭⑤，從征枋頭⑥，車騎沖沒陳⑦，左右莫能先救。宣武謂曰：「汝叔落賊，汝知不？」石虔聞之，氣甚奮，命朱辟為副⑧，策馬於數萬眾中，莫有抗者，徑致沖還，三軍嘆服。河朔後以其名斷瘧⑨。

【注釋】❶桓石虔：東晉譙國龍亢（今安徽懷遠西）人，小字鎮惡，累有戰功，官至豫州刺史。❷豁：即桓豁，字朗子，桓溫之弟，桓石虔之父，曾任建威將軍、荊州刺史，死後追贈司空。長庶：非正妻所生的長子。❸舉：推舉，兩漢魏晉期間，有在民間推薦的基礎上選擇下層官吏的制度。❹郎：古代家奴對家主的稱呼。❺宣武：即桓溫。齋：閒居的屋舍。齋頭：等於說齋上。❻枋頭：地名，在今河南浚縣西南淇門渡。晉廢帝太和四年（369），桓溫在這裏同後燕慕容垂交戰，大敗。❼沖：即桓沖，字幼子，桓豁之弟，曾任荊州刺史、中軍將軍、車騎將軍，死後追贈太尉。❽朱辟：人名，生平未詳。❾朔：北。河朔：黃河以北。斷瘧：斷絕瘧疾。古代認為人患瘧疾是因為瘧鬼作祟，所以能用桓石虔的威名來嚇退瘧鬼。

【翻譯】

桓石虔，是司空桓豁的庶長子，小名鎮惡。十七八歲時，尚未被舉薦為吏，但是家中的奴僕已經稱呼他為「鎮惡郎」了。他曾經在桓宣武的府上閒住，又跟隨宣武北征後燕來到枋頭，當時車騎將軍桓沖陷入敵陣之中，左右將領沒有一個人能搶先把他救出來。宣武對石虔說：「你叔叔落入敵寇之手，你知不知道？」石虔聽說後，情緒十分激昂，當即命令朱辟擔任副將，在數萬敵軍之中策馬衝鋒，敵軍無人敢於抵抗，徑直把桓沖救了回來，全軍上下都十分讚賞佩服。黃河以北地區後來竟用他的名字來驅趕瘧鬼。

十四　容止

俊秀的容貌、瀟灑的舉止，是任何時代任何人都喜愛的，魏晉人士對此更有特殊的愛好，以至於有「看殺衛玠」的佳話流傳至今。而從前盛讚某位青年男性漂亮，也常好用「貌似潘安」（潘岳之字安仁的省稱）的成語。這並非因為潘岳就是曠世絕代的美男子，而是魏晉愛美的風尚抬高了他的聲譽。

相對於恆定的容貌來說，魏晉人士似乎更注重人物的舉止，因為人物的舉止隨着人物內心與客觀世界的交流而變化，最能表現出人物的風采。《容止》門中有很多這樣的描寫，如稱讚謝尚：「企腳北窗下彈琵琶，故自有天際真人想。」為了更加形象地表現人物瀟灑出塵的舉止，《世說新語》借用自然美的可見形質來比附人物的風姿神韻，這在《前言》中已有陳述，此處不再重複。

有趣的是，魏晉人士對於自己的容貌，則是希望像女孩子一樣漂亮。如本門稱讚何晏「美姿儀，面至白」，致使魏文帝疑其傅粉；杜弘治「面如凝脂，眼如點漆」。開始時，這可能是出於哲學和美學上的考慮，因為《莊子．逍遙遊》中理想的姑射山神人形象，就是「肌膚若冰雪，綽約若處子」的。而至其末流，就成為一種病態的追求了。《顏氏家訓．勉學》說：「梁朝全盛時，貴遊子弟無不熏衣剃面，傅粉施朱。」今天戲曲舞台上保留的才子形象，大約便來自這個源頭。

牀頭捉刀人

魏武將見匈奴使①，自以形陋，不足雄遠國，使崔季珪代②，帝自捉刀立牀頭③。既畢，令間諜問曰：「魏王何如？」匈奴使答曰：「魏王雅望非常，然牀頭捉刀人，此乃英雄也。」魏武聞之，追殺此使。

【注釋】❶匈奴：我國古代北方的一個少數民族。❷崔季珪：三國魏清河東武城（今山東武城西北）

人，名琰，字季珪，曹操屬官，入魏後任尚書。《三國志．魏志．崔琰傳》說他聲音洪亮，眉清目秀，鬚長四尺，極有威儀。❸牀：坐臥具，相當於榻。

【翻譯】

魏武帝將接見匈奴的使者，自以為相貌醜陋，不足以鎮懾遠方外族，便讓崔季珪作為替身，他自己則握刀站立在坐榻旁邊。接見完畢後，他派打探消息的人去問匈奴使者：「魏王這個人怎麼樣？」匈奴使者回答說：「魏王高雅的神態不同尋常，但是站在榻旁邊握刀的人，這才是英雄啊。」魏武帝聽後，派人趕去殺掉了這名使者。

何平叔面至白

何平叔美姿儀①，面至白。魏明帝疑其傅粉②，正夏月，與熱湯餅③。既啖，大汗出，以朱衣自拭，色轉皎然。

【注釋】❶何平叔：即何晏。❷魏明帝：據劉孝標《世說新語注》文意以及《太平御覽》卷二十一、卷三百六十五引《語林》，當作「魏文帝」。魏文帝即曹丕。傅粉：漢魏期間，貴族男子也有搽粉的習俗。❸餅：我國古代麵食的總稱。湯餅：放在水裏煮的麵食，同現在北方稱為片兒湯、南方稱為麵疙瘩的食物相似。

【翻譯】

何平叔姿態儀容十分美麗，面色極為白皙。魏文帝懷疑他臉上搽了粉，正當夏季時節，給他熱湯餅吃。何平叔吃完後，出了一臉大汗，他用大紅色的衣服揩拭，臉色變得更加光亮。

嵇康風姿特秀

嵇康身長七尺八寸①，風姿特秀。見者歎曰：「蕭蕭肅肅②，爽朗清舉。」或云：「肅肅如松下風，高而徐引。」山公曰③：「嵇叔夜之為人也，巖巖若孤松之獨立④；其醉也，傀俄若玉山之將崩。」⑤

【注釋】❶嵇康：三國魏譙郡銍（今安徽宿州）人，字叔夜，「竹林七賢」之一。曾任中散大夫，世稱「嵇中散」，後遭鍾會構陷，被司馬昭所殺。七尺八寸：晉尺短於今尺，晉七尺八寸相當於今 1.90 米左右。❷蕭蕭肅肅：風聲，這裏指灑脱的樣子。❸山公：即山濤。❹巖巖：高峻的樣子。❺傀（guī）俄：傾倒的樣子。

【翻譯】

嵇康身高七尺八寸，風采異常秀美。見過他的人都讚歎說：「風姿瀟灑，清朗而挺拔。」還有人說：「瀟灑得像是松樹下的風，清高而又綿長。」山公說：「嵇叔夜的為人，高峻得像是超羣絕倫的孤松；他的醉態，又傾側得像是玉山將要崩塌。」

潘岳出洛陽道

潘岳妙有姿容，好神情。少時挾彈出洛陽道，婦人遇者，莫不聯手共縈之。左太沖絕醜①，亦復效岳遊遨，於是羣嫗齊共亂唾之，委頓而返。

【注釋】❶左太沖：西晉齊國臨淄（今山東淄博）人，名思，字太沖，曾任秘書郎。

【翻譯】

潘岳有美妙的姿態容貌，又十分精神。年輕時夾着彈弓出入在洛陽的街頭，婦女們遇見他，無不手拉手地圍住他。左太沖容貌極為醜陋，也仿效潘岳在大街上遊蕩，於是成羣的婦女一道向他吐口水，弄得他狼狽地跑回家去。

鶴在雞羣

有人語王戎曰：「嵇延祖卓卓如野鶴之在雞羣。」①答曰：「君未見其父耳！」

【注釋】❶ 嵇延祖：西晉譙郡銍（今安徽宿縣西南）人，名紹，字延祖，嵇康之子，曾任汝陰太守、徐州刺史、侍中。卓卓：突出的樣子。

【翻譯】

有人對王戎說：「嵇延祖出類拔萃的樣子，好像野鶴立於雞羣之中。」王戎回答說：「您還沒有見過他的父親呢！」

劉伶土木形骸

劉伶身長六尺①，貌甚醜悴，而悠悠忽忽②，土木形骸③。

【注釋】❶劉伶（líng）：西晉沛國（治所在今安徽濉溪西北）人，字伯倫，「竹林七賢」之一，曾任建威參軍。六尺：晉尺短於今尺，晉六尺相當於今1.47米左右。❷悠悠忽忽：輕忽放蕩，萬事不經心意。❸土木形骸（hái）：把形體看得如同土木一樣。這裏用來表示劉伶重精神而不重形體，外表上亂頭粗服、不加修飾的樣子。

【翻譯】

劉伶身高六尺，相貌很醜陋，面容憔悴，但是他放浪自適，把形體看作土木一樣，自然質樸。

看殺衞玠

衛玠從豫章至下都①，人久聞其名，觀者如堵牆。玠先有羸疾，體不堪勞，遂成病而死。時人謂看殺衛玠。

【注釋】❶衛玠：西晉河東安邑（今山西夏縣西北）人，字叔寶，官至太子洗馬。下都：相對於首都而言，稱陪都為下都。西晉舊都洛陽（故城在今河南洛陽東洛水北岸），所以後世稱建鄴（晉愍帝建興元年即公元313年因避皇上司馬鄴的名諱而改名建康，故城在今江蘇南京）為下都。其時雖未建都建鄴，但追記歷史的文字可以這樣稱呼。

【翻譯】

衛玠從豫章來到建鄴，人們很早就聽說過他的聲名，圍觀的人像牆壁一樣密不透風。衛玠起先就疲弱有病，身體經受不住這樣勞累，於是病重而死。當時的人都說衛玠是被看死了的。

唯丘壑獨存

庾太尉在武昌①，秋夜氣佳景清，佐吏殷浩、王胡之之徒登南樓理詠②，音調始遒，聞函道中有屐聲甚厲③，定是庾公。俄而率左右十許人步來④，諸賢欲起避之。公徐云：「諸君少住，老子於此處興復不淺！」⑤因便據胡床與諸人詠謔⑥，竟坐甚得任樂⑦。後王逸少下⑧，與丞相言及此事⑨，丞相曰：「元規爾時風範不得不小頹。」右軍答曰：「唯丘壑獨存。」⑩

【注釋】

❶庾太尉：即庾亮。武昌：郡名，治所在今湖北鄂城。❷佐吏：袁氏本《世説新語》作「使吏」，現據影宋本《世説新語》改。王胡之：東晉琅邪臨沂（今屬山東）人，字脩齡，曾任吳興太守、侍中、丹陽尹。❸函道：室內樓梯。屐：有齒的鞋子。❹許：表示大體相當的約數。❺老子：第一人稱代詞，相當於「我」。這裏略含自負、自誇的意味。❻胡床：一種從胡地傳入的可以折疊的輕便坐具。❼任：受任用，這裏有「能發揮才能」的意思。❽王逸少：即王羲之，下文「右軍」也是指王羲之。下：即下都。❾丞相：指王導。❿丘壑（hè）：深山幽谷，常指隱居的住所。丘壑獨存：意思是繫心山水幽深之處，忘記了身處仕途高位。

【翻譯】

庾太尉在武昌時，秋夜裏天氣美好，景色清新，僚屬殷浩、王胡之等人登上南樓清談吟詠，正當調子轉向強勁時，聽到樓梯上傳來很響的木屐聲，知道一定是庾公來了。不一會兒，帶領着十來名侍從走來，各位屬員想起身避開。

庾公慢悠悠地說：「諸位先生稍留，我對這些東西也很有興致！」於是便倚在胡床上同眾人吟詠戲笑，一直到散去都玩得很盡興。後來王逸少到京都，對丞相王導說到這件事，丞相說：「庾元規這時的風度不能不稍有衰減吧。」王右軍回答說：「只是那繫心山水的超然志向依然保留着。」

恨不見杜弘治

王右軍見杜弘治①，歎曰：「面如凝脂，眼如點漆，此神仙中人。」時人有稱王長史形者②，蔡公曰③：「恨諸人不見杜弘治耳。」

【注釋】❶杜弘治：東晉京兆杜陵（今陝西西安東南）人，名乂（yì），字弘治，曾任公府掾、丹陽丞，襲爵當陽侯。❷王長史：即王濛。❸蔡公：即蔡謨。

【翻譯】

王右軍見到杜弘治，讚歎說：「面容潔白細膩得像是凝凍的油脂，眼睛烏黑明亮得像是點上了黑漆，這真是神仙中的人啊。」當時有人稱讚王長史的形貌美麗，蔡公說：「遺憾的是這些人沒見過杜弘治啊。」

一異人在門

王長史嘗病，親疏不通。林公來①，守門人遽啟之曰：「一異人在門，不敢不啟。」王笑曰：「此必林公。」

【注釋】❶林公：即支遁。

【翻譯】

王長史有一次生病，來客無論親疏近遠都不讓通報。林公來了，守門的人趕快向他稟告：「有一位怪異的人在門外，不敢不稟告。」王長史笑着說：「這一定是林公。」

北窗下彈琵琶

或以方謝仁祖不乃重者①，桓大司馬曰②：「諸君莫輕道仁祖，企腳北窗下彈琵琶，故自有天際真人想。」

【注釋】❶謝仁祖：即謝尚。乃：這麼，那麼。❷桓大司馬：即桓溫。

【翻譯】

有人用謝仁祖作比而不那麼看重他，桓大司馬說：「各位不要輕蔑地說到謝仁祖，他在北窗下踮着腳彈琵琶，確實使人生起了天上仙人的想法。」

王敬和歎王長史

王長史為中書郎①，往敬和許②。爾時積雪，長史從門外下車，步入尚書省③。敬和遙望，歎曰：「此不復似世中人！」

【注釋】❶中書郎：即中書侍郎，是中書監、令的副職，參與朝政。❷敬和：即王洽。❸尚書省：官署名，掌管文書，長官為尚書令。袁氏本《世説新語》「尚書」後無「省」字，「敬和」前有「著公服」三字，現據影宋本《世説新語》改。

【翻譯】

王長史擔任中書郎時，到王敬和那裏去。這時地上堆滿積雪，長史從門外下車，走入尚書省大門。王敬和遠遠地望去，讚歎地説：「這人不再像是塵世間的人！」

濯濯如春月柳

有人歎王恭形茂者①，云：「濯濯如春月柳。」②

【注釋】❶王恭：東晉太原晉陽（今山西太原西南）人，字孝伯，曾任青、兗二州刺史。❷濯濯：明淨清新。

【翻譯】

有人讚歎王恭的形體華美，說：「清朗而又明淨，真像是春天裏的柳枝。」

十五　自新

自新的意思是自己改正錯誤。這也是中國的傳統美德之一。有關傳說中最為著名而又最為動人的，莫過於周處除三害的故事了。現存對於這一傳說的最早最完整的記載，就出自《世說新語》的《自新》門中。

據史書記載，西晉時期確有周處其人，他年輕時也確有不善的品行，但後來卻成了一位勇敢的將軍。對於這樣一位改過自新的楷模，人們在傳說他的事蹟時，難免有誇大失實的成分，《世說新語》據傳說改寫，也就難免有與史實不符的地方。如說周處是在西晉文學家陸雲的激勵下自新的，而事實上周處成年時陸機、陸雲兄弟尚未出生。

這裏牽涉到對《世說新語》的評價問題。自本書問世以來，一直有兩種很不相同的評價方法。一種以史書標準要求它，每每抓住其中不合史實的部分，大加抨擊；另一種則把它看作「街談巷議」的小說者流，很讚賞它的言辭雋永，描述動人，但同時也就忽視了它的史料與學術價值。事實上，《世說新語》是在史實的基礎上，再加上作者的目見耳聞，綜合改寫而成的一部魏晉清言雜錄。當我們要了解並把握魏晉社會、歷史、人物的某些總體特徵時，本書無疑是一部極重要的參考資料；而當我們要核實一人一事是否準確時，對本書就不該有過高的史料要求。這是我們在閱讀過程中所必須注意的。

周處除三害

周處年少時①，凶強俠氣，為鄉里所患；又義興水中有蛟②，山中有邅跡虎③，並皆暴犯百姓，義興人謂為三橫④，而處尤劇。或說處殺虎斬蛟，實冀三橫唯餘其一。處即刺殺虎，又入水擊蛟，蛟或浮或沒，行數十里，處與之俱，經三日三夜，鄉里皆謂已死，更相慶。竟殺蛟而出。聞里人相慶，始知為人情所患，有自改意。乃入吳尋二陸⑤，平原不在⑥，正見清河⑦，具以情告，並云：「欲自修改，而年已蹉跎⑧，終無所成。」清河曰：「古人貴朝聞夕死⑨，況君前途尚可。且人患志之不立，亦何憂令名不彰邪？」處遂改勵，終為忠臣孝子。

【注釋】❶周處：西晉吳興陽羨（今江蘇宜興南）人，字子隱。年輕時曾為害鄉里，發憤改過後，仕吳任東觀左丞，入晉後曾任新平太守、御史中丞。❷義興：東晉郡名，其治所陽羨，西晉時屬吳興郡。這裏是用後世地名稱述前世之事。❸邅（zhān）跡虎：能追逐人跡而食人的老虎；邅，通「䞴」，追逐（據恩田仲任輯《世說音釋》說）。另一說，即指「邪足虎」。❹橫（hèng）：指蠻橫殘暴的人。❺吳：這裏指吳郡，治所在今江蘇蘇州。入吳：袁氏本《世說新語》作「自吳」，現據影宋本《世說新語》改作「入吳」。二陸：指陸機與陸雲。❻平原：指陸機。❼清河：指陸雲。❽蹉跎（cuō tuó）：失去時機，虛度光陰。❾朝聞夕死：這裏引用的是《論語・里仁》中的話，意思是早晨聽到了聖賢之道，晚上死掉也不虛度一生。

【翻譯】

周處年輕時，為人兇橫任氣，同鄉的人都很懼怕他；另外義興郡的河中有條蛟龍，山裏有一頭邅跡虎，都危害百姓，義興人稱為三害，而周處的危害最大。有人勸說周處去殺虎斬蛟，其實是希望三害只剩下一害。周處隨即去刺殺了老虎，又下河去斬蛟，那條蛟時浮時沉，游了數十里，周處始終同牠一起搏鬥，持續了三天三夜，同鄉的人都認為他與蛟一道死了，越發相互慶賀。沒想到他竟然殺死蛟而從河中冒了出來。周處聽說大家相互慶賀，才知道自己被大家所厭惡，於是有了悔改的心意。他便到吳郡去尋找陸氏兄弟，陸平原不在，只見到了陸清河，周處便把事情的經過都告訴了他，同時說：「自己想改正過錯，只是已經虛度了光陰，最終怕也不會有甚麼成就。」陸清河說：「古人很看重『朝聞夕死』，況且您的前途還很有希望。再說一個人只怕不能立定志向，又何必擔憂美名得不到傳揚呢？」周處便改過自勉，最終成為忠臣孝子。

十六　企羨

企羨的意思是仰慕。從本門中可以看出，魏晉人士最看重的還是人物出眾的才能、豪爽的氣度與俊美的儀容。如王羲之聽說有人把他的《蘭亭集序》比作西晉石崇的《金谷詩序》，又把自己比作石崇，認為二者不相上下，便十分得意。因為石崇既是西晉的著名文人，又是當時的頭等豪富；金谷園雅集既是歷史上著名的文學盛會，又是石崇豪爽好客的壯舉。這種集才能、富貴、豪爽於一身的美事，自然是人人羨慕的了。不過今天《金谷詩序》已經亡佚，倒是《蘭亭集序》憑藉着王羲之那出眾的書法藝術而傳誦千古。至於孟昶對王恭的讚歎，則出自他對後者瀟灑風度的羨慕，同時也從側面反映了魏晉一代士人渴求長壽登仙的生活理想。

王右軍有欣色

王右軍得人以《蘭亭集序》方《金谷詩序》①，又以己敵石崇②，甚有欣色。

【注釋】❶蘭亭：亭名，在今浙江紹興西南，其地名蘭渚，有亭名蘭亭。《蘭亭集序》：晉穆帝永和九年（353）三月三日，王羲之與當時名士謝安等四十餘人在蘭亭舉行了一次文人集會，與會者臨流賦詩，王羲之為詩作寫了序文，這就是《蘭亭集序》。金谷：地名，在今河南洛陽東北，其地又名金谷澗，石崇在這裏築有別墅，有園名金谷園。《金谷詩序》：晉惠帝元康六年（296）石崇、蘇紹等人在谷園舉行集會，送別征西大將軍、祭酒王詡（xǔ）還長安，與會者游宴賦詩，石崇為詩作寫了序文，這就是《金谷詩序》。❷石崇：西晉渤海南皮（今河北南皮東北）人，字季倫，曾任修武令，官至侍中。家極富有，生活靡費奢侈，後被司馬倫所殺。

【翻譯】

王右軍聽說有人把他的《蘭亭集序》比作《金谷詩序》，又把他同石崇匹敵，神色十分欣喜。

孟昶籬間窺王恭

孟昶未達時①，家在京口②。嘗見王恭乘高輿③，被鶴氅裘④；于時微雪，昶於籬間窺之，歎曰：「此真神仙中人！」

【注釋】❶孟昶（chǎng）：東晉平昌安丘（今山東安丘西南）人，字彥達，曾任丹陽尹、尚書左僕射。❷京口：古城名，今江蘇鎮江。❸輿：即肩輿，一種用人力扛抬的代步工具，類似後世的轎子。❹被：通「披」。鶴氅（chǎng）裘：用鳥羽製成的毛皮外套。

【翻譯】

孟昶尚未發跡時，家住在京口。他曾看見王恭乘坐着高高的肩輿，身上披着鶴氅裘；當時天正下着小雪，孟昶從竹籬笆縫隙間窺視他，讚美說：「這真是神仙中的人啊！」

十七　傷逝

傷逝的意思是為死者而悲傷。魏晉時期一方面是一個開始注重人的獨特價值的時代，但另一方面，大規模的外族入侵和激烈的皇權爭奪所導致的戰亂，以及伴隨着戰亂而來的災難與瘟疫，又使得它成為空前的戕害人才的時代。《晉書・阮籍傳》就曾指出：「魏晉之際，天下多故，名士少有全者。」因此，痛惜夭逝的人才便成為《傷逝》門的主題。

這種痛惜，出於真情，正如王戎所説：「情之所鍾，正在我輩。」為了區別於世俗的、虛偽的喪葬儀式，魏晉部分士人採取了十分獨特的哀悼方式。諸如靈前鼓琴、學作驢鳴等等，在常人眼中都是違背禮儀的怪誕行為，但在哀悼者一方，他們考慮更多的不是禮儀的需要與規定，而是如何真切地表達情感，以謝知音。所以即使身居皇太子高位的曹丕，也不惜紆尊降貴，一效禽獸。這裏面包含的深情，是十分真摯感人的。

魏文帝作驢鳴

王仲宣好驢鳴①，既葬，文帝臨其喪②，顧語同遊曰：「王好驢鳴，可各作一聲以送之。」赴客皆一作驢鳴。

【注釋】❶王仲宣：漢末山陽高平（今山東鄒縣）人，名粲，字仲宣，「建安七子」之一。先依劉表，未受重用，後為曹操幕僚，官至侍中。❷文帝：指魏文帝曹丕。

【翻譯】

王仲宣愛聽驢子叫，死後安葬完畢，魏文帝去弔喪時，回頭對同行的人說：「王愛聽驢子叫，每人可以學叫一聲來送別他。」於是去弔喪的客人都一一學了一聲驢叫。

山簡省王戎

王戎喪兒萬子①，山簡往省之②，王悲不自勝。簡曰：「孩抱中物③，何至於此？」王曰：「聖人忘情，最下不及情；情之所鍾，正在我輩。」簡服其言，更為之慟。

【注釋】❶萬子：即王綏，西晉琅邪臨沂（今屬山東）人，字萬子。曾被徵召為太尉掾，未到職，年十九而死。❷山簡：西晉河內懷縣（今河南武涉西）人，字季倫，山濤之子，曾任尚書左僕射、征南將軍。❸孩：指小兒剛開始會笑。孩抱中物：抱在手中剛剛會笑的小兒。由於王綏十九歲才死，並非「孩抱中物」，所以後人認為這應是王衍山簡之事。《晉書・王衍傳》也有王衍喪幼子，山簡去弔問的記載。

【翻譯】

王戎死了幼子萬子，山簡前去看望他，王戎悲哀得無法自制。山簡說：「只不過是抱在懷中的小東西，哪至於傷心成這樣呢？」王戎說：「最上等的聖人忘掉了情愛，最下等的眾人談不上甚麼情愛；最能集注情愛的，正在我們這些人身上。」山簡信服了他的話，越發為此感到悲痛。

張季鷹鼓琴

顧彥先平生好琴①，及喪，家人常以琴置靈床上②。張季鷹往哭之③，不勝其慟，遂徑上牀，鼓琴，作數曲竟，撫琴曰：「顧彥先頗復賞此不？」因又大慟，遂不執孝子手而出④。

【注釋】❶顧彥先：西晉吳郡吳縣（今江蘇蘇州）人，名榮，字彥先，曾任太子中舍人、廷尉正，後又出任琅邪王軍司，加散騎常侍。❷靈床：為悼念死者而虛設的座位。❸張季鷹：西晉吳郡吳縣（今江蘇蘇州）人，名翰，字季鷹，曾任大司馬東曹掾，後因思鄉棄官。❹不執孝子手：晉人弔喪臨去時有握孝子手致慰的禮節，這裏指張翰未行此禮。

【翻譯】

顧彥先平素愛好彈琴，死後，家裏的人經常把琴放在他的靈座上。張季鷹去哭弔他時，忍受不住內心的悲痛，便徑直坐到靈座上，彈完幾支曲子後，拍着琴說：「顧彥先還能再欣賞這曲子麼？」於是又大哭起來，不握一下孝子的手便走了。

埋玉樹箸土中

庾文康亡①，何揚州臨葬②，云：「埋玉樹箸土中③，使人情何能已已！」

【注釋】❶庾文康：即庾亮。❷何揚州：即何充。❸玉樹：比喻庾亮美好的形體。

【翻譯】

庾文康死時，何揚州去參加葬禮，說：「真像是把玉樹埋進了泥土中，讓人們惋惜的心情怎麼能夠休止呢！」

以麈尾置柩中

王長史病篤，寢臥燈下，轉麈尾視之❶，歎曰：「如此人，曾不得四十！」❷及亡，劉尹臨殯❸，以犀柄麈尾箸柩中❹，因慟絕。

【注釋】❶麈尾：一種形狀類似羽扇的物件，柄之左右飾以麈尾之毛。魏晉期間，善於清談的名士多執麈尾，在談論時用來比劃並增美自己的儀容。❷曾：竟然。❸劉尹：即劉惔。殯：停柩待葬。❹柩：裝着屍體的棺材。

【翻譯】

王長史病重，躺在燈下，轉動麈尾仔細端詳，感歎地說：「像我這樣的人，竟然活不到四十歲！」死後，劉尹去參加他的殯禮，把犀牛角柄的麈尾放在他的棺材裏，隨即悲痛得昏倒過去。

王子猷奔喪

王子猷、子敬俱病篤①，而子敬先亡。子猷問左右：「何以都不聞消息？此已喪矣！」語時了不悲②。便索輿來奔喪，都不哭。子敬素好琴，便徑入坐靈床上③，取子敬琴彈，弦既不調，擲地云：「子敬，子敬，人琴俱亡！」因慟絕良久，月餘亦卒。

【注釋】❶王子猷：即王徽之。子敬：即王獻之。❷了：全，全然。❸靈床：為悼念死者而虛設的座位。

【翻譯】

王子猷、王子敬都病得很重，而子敬先死去。子猷問身邊的人：「為甚麼一點點子敬的消息也聽不到？這說明他已經死了！」說這話時全然沒有悲傷的神色。於是要了一輛車子趕去奔喪，一點也沒有哭。子敬平素愛好彈琴，子猷也就徑直進去坐在靈座上，拿過子敬的琴來彈奏，琴音無法諧和，他把琴扔到地下，說：「子敬，子敬，人與琴一道沒有啦！」隨即悲痛得暈倒很長時間，過了一個多月也死去了。

十八　棲逸

魏晉之際，司馬氏與曹魏之間的權力之爭愈演愈烈，大批名士，或因拒絕與司馬氏合作，或為全身遠禍，紛紛遁入山林，隱逸之風由是大興，孫登、嵇康、阮籍便是其中的代表人物。由於大批隱士都是當時有威望有影響的名士，為了籠絡這批力量，同時也為了提高自己的聲譽，許多利祿之士附庸風雅，有的湧向隱士遁居的山林，與之吟風弄月，清談交遊，如名僧康僧淵在豫章附近立精舍，「閒居研講，希心理味」，權臣庾亮等紛至還來，僧淵不堪其擾，只好退出；有的出錢資助隱退者，如權臣郗超「每聞欲高尚隱退者，輒為辦百萬資，並為造立居宇」。而在隱逸者這一方，有些人看到隱逸越來越受到統治者的注意，便借隱逸來抬高自己的身價，以獵取高位。其中周邵就是一個突出的例子，他本來隱於尋陽，在庾亮一再勸說下終於出仕，《尤悔》門還記載了他在庾亮勸說過程中的惺惺作態，以及他因官職不稱意而一氣病死的結局。

看來，隱逸之風在興起之初還是有其積極意義的，但隨着統治者的不斷介入，這種風氣也就日益成為魏晉士人生活中的點綴。不過，由於隱逸之風擴大了士人與山林自然的接觸，從而促進了晉宋之際山水文學與山水繪畫的發展，這一作用也是不容忽視的。

嵇康與孫登游

嵇康游於汲郡山中①，遇道士孫登②，遂與之遊。康臨去，登曰：「君才則高矣，保身之道不足。」

【注釋】❶汲郡：西晉郡名，治所在今河南汲縣西南。❷道士：這裏指有道之士。孫登：魏末晉初汲郡共（今河南輝縣）人，字公和。無家，在汲郡北山土窟中，好讀《易經》，彈一弦琴。

【翻譯】

嵇康在汲郡山中遊覽，遇見隱士孫登，便同他交往遊樂。嵇康臨別時，孫登說：「您的才能是很高了，只是保全自身的辦法不足。」

嵇康告絕山公

山公將去選曹①，欲舉嵇康，康與書告絕。

【注釋】❶山公：即山濤。

【翻譯】

山公將要離開選錄官吏的衙門，想推薦嵇康接替，嵇康便寫信同他絕交。

翟不與周語

南陽翟道淵與汝南周子南少相友①，共隱于尋陽。庾太尉說周以當世之務②，周遂仕，翟秉志彌固。其後周詣翟，翟不與語。

【注釋】❶南陽：郡名，治所在今河南南陽。《晉書・翟湯傳》作「尋陽」。尋陽也是郡名，治所在今湖北廣濟東北。很可能翟湯祖籍本為南陽，過江後僑居尋陽，所以有二說（據余嘉錫《世說新語箋疏》說）。翟道淵：名湯，字道淵，曾多次被徵召任官，均未就職。汝南：郡名，治所在今河南平輿北。周子南：東晉人，籍貫不詳，名邵，字子南，初隱居，後聽庾亮勸說任鎮蠻護軍、西陽太守。❷庾太尉：即庾亮。

【翻譯】

南陽翟道淵與汝南周子南年輕時很友好，共同隱居在尋陽。庾太尉用當世的政務勸說周，周便出來當了官，翟道淵則固守自己的志向愈加堅定。後來周子南去看翟道淵，翟不答理他。

康僧淵立精舍

康僧淵在豫章①，去郭數十里立精舍②，旁連嶺，帶長川，芳林列於軒庭③，清流激於堂宇④。乃閒居研講⑤，希心理味，庾公諸人多往看之⑥。觀其運用吐納⑦，風流轉佳。加已處之怡然，亦有以自得，聲名乃興。後不堪，遂出。

【注釋】❶康僧淵：生平未詳，僅據《高僧傳》記載得知他本是西域人，生於長安，晉成帝時過江南下。豫章：郡名，今江西南昌。❷郭：內城叫城，外城叫郭。精舍：本指學者講習的處所，後指僧人道士修煉、居住的處所。❸軒：有窗的長廊。❹激：水勢受阻後騰湧飛濺。❺閒居：避人獨居。❻庾公：即庾亮。❼吐納：即吐故納新，古人常用的一種修煉養生之術，口中吐出污濁之氣，鼻中吸入清新之氣，據説可以祛病延年。

【翻譯】

康僧淵在豫章時，離城數十里建造了一所精舍，屋旁連接着山嶺，四周環繞着河流，庭院前花木成林，堂簷下清泉騰湧。他便在這裏獨自鑽研講習，靜心體會，庾公等人常去看望。見他運用吐納之術，儀表風度越來越美。加上他在這裏安然自適，也有由此怡然自得之處，由此聲名大振。後來因為不能忍受外來的煩擾，便又離開了那裏。

郗超辦百萬資

郗超每聞欲高尚隱退者①，輒為辦百萬資，並為造立居宇。在剡為戴公起宅②，甚精整。戴始往居③，與所親書曰：「近至剡，如入官舍。」郗為傅約亦辦百萬資④，傅隱事差互⑤，故不果遺。

【注釋】❶郗超：東晉高平金鄉（今屬山東）人，字景興（或作敬輿），一字嘉賓。曾任桓溫參軍、中書侍郎。❷剡：縣名。戴公：即戴逵，東晉譙國（治所在今安徽亳州）人，字安道，屢被徵召任官，均未就職。❸往居：袁氏本《世說新語》作「往舊居」，下文「如入官舍」作「如官舍」，現據《太平御覽》卷五百一十引《世說》刪增為「往居」、「如入官舍」。❹傅約：人名，生平未詳。❺差互：屢失時機而未成功。

【翻譯】

郗超每逢聽說有行為高潔想要隱居的人，總是給他備齊百萬錢財，並為他們建造房舍。在剡縣時曾為戴公蓋了住宅，十分精緻整齊。戴公剛去住時，在給親近者的信中說：「最近到了剡縣，如同進了官府一樣。」郗超為傅約也準備了百萬錢財，傅去隱居之事一再拖延而未成，所以才沒有贈送得成。

十九　賢媛

從《世說新語》中可以看出，同追求男子的女性美相反，魏晉士人倒不大講究女子的外貌妍媸，卻要求她們能同男子一樣具有高超的神情風範與品格才能。這在《賢媛》門中體現得很充分。王廣娶諸葛誕女，剛見面便批評新娘「神色卑下」，不像她的父親；新娘立即反唇相譏：「大丈夫不能仿佛彥雲，而令婦人比足蹤英傑！」濟尼評論謝玄姊與張玄妹的優劣：「王夫人神情散朗，故有林下風氣；顧家婦清心玉映，自是閨房之秀。」表面上不偏不倚，實際上是說顧不及王，因為王夫人雖為巾幗，卻有名士之風。

《賢媛》門正是按照名士標準來收集編寫魏晉婦女事蹟的。王羲之善清言，羲之夫人有關人物神明的一段議論，飽含着玄學義理；許允婦貌雖醜陋，但深諳事理，以此贏得丈夫的敬重，並在關鍵時刻保全了子女；陶侃出身貧寒，依靠母親湛氏紡績為生，湛氏截髮供客，但是不准陶侃以官物供養自己；謝道韞文才不讓鬚眉，她對自己僅有中人之質的丈夫不滿意，對才華出眾的弟弟謝玄也常有教訓之辭。總之，《賢媛》門中所描寫的魏晉婦女，同傳統的三從四德的婦女形象很不一樣，她們同男子似乎有較為平等的地位。漢末以來士族知識分子的思想解放，無疑當是造成這種現象的主要原因之一。

王明君出漢宮

漢元帝宮人既多①，乃令畫工圖之，欲有呼者，輒披圖召之。其中常者，皆行貨賂。王明君姿容甚麗②，志不苟求，工遂毀為其狀。後匈奴來和③，求美女於漢帝，帝以明君充行④。既召，見而惜之，但名字已去，不欲中改，於是遂行。

【注釋】❶漢元帝：即劉奭（shì），西漢皇帝，漢宣帝之子。愛好儒術，統治期間賦役繁重，西漢開始由盛轉衰。❷王明君：即王昭君，西漢南郡秭（zǐ）歸（今屬湖北）人，名嬙（qiáng），字昭君，因避晉文帝司馬昭的名諱改稱明君。漢元帝時被選入宮中，後自請往匈奴和親，促進了漢與匈奴的友好關係。❸和：和親，指結成婚姻關係以確保兩國之間的友好。❹充行：漢代和親政策，名義上是以公主遠嫁外族，但實際上多以其他女子充當公主出行。漢元帝時，匈奴的實力與地位已經下降，王嬙是否需要作為公主身份嫁匈奴，史書上無明確的說法，但這裏「充行」的「充」字，卻立意於此。

【翻譯】

漢元帝的宮女增多之後，便命令畫工畫下她們的形貌，想要呼喚誰時，就翻看畫像來召見她們。宮女中相貌平常的人，都去向畫工行賄。王昭君姿態容貌很俏麗，立志不向畫工苟且求情，畫工便故意把她畫得很醜。後來匈奴來和親，向漢朝皇帝求美女，元帝就以王昭君充數前往。召見之後，元帝見昭君豔麗絕色，捨不得她，但名字已經送出，不想中途改變，昭君也就出發了。

班婕妤辯誣

漢成帝幸趙飛燕①，飛燕讒班婕妤祝詛②，於是考問③。辭曰：「妾聞死生有命④，富貴在天。修善尚不蒙福，為邪欲以何望？若鬼神有知，不受邪佞之訴；若其無知，訴之何益？故不為也。」

【注釋】❶漢成帝：即劉驁（ào），西漢皇帝，漢元帝之子。在位期間沉溺於酒色，不問政事，導致了王莽專擅朝政。趙飛燕：漢成帝皇后，能歌善舞，因身體輕捷而號為「飛燕」。❷婕妤（jié yú）：又可作「倢伃」，宮中女官名，是帝王妃嬪（pín）的稱號。班婕妤：西漢雁門樓煩（今山西寧武附近）人，名不詳。少有才學，成帝時被選入宮，立為婕妤。祝詛（zhòu zǔ）：告求鬼神降禍於他人。祝：通「咒」。❸考：通「拷」。❹妾：古代婦女自稱的謙詞。死生有命，富貴在天：這是《論語・顏淵》中的文句。

【翻譯】

漢成帝寵倖趙飛燕，飛燕誣告班婕妤向鬼神詛咒成帝，因此拷問她。班婕妤的供辭說：「我聽說死與生取決於命運，富與貴聽從天安排。行善尚且不能得到保佑，作惡又能指望得到甚麼呢？如果鬼神有靈性的話，就不會接受邪惡之人的誹謗；如果鬼神沒有靈性的話，向它傾訴又有甚麼用處呢？所以我是不會這樣做的。」

許允婦捉夫裾

許允婦是阮衛尉女①，德如妹②，奇醜。交禮竟，允無復入理，家人深以為憂。會允有客至，婦令婢視之，還答曰：「是桓郎。」桓郎者，桓範也③。婦云：「無憂④，桓必勸入。」桓果語許云：「阮家既嫁醜女與卿，故當有意，卿宜察之。」許便回入內，既見婦，即欲出。婦料其此出無復入理，便捉裾停之。許因謂曰：「婦有四德⑤，卿有其幾？」婦曰：「新婦所乏唯容爾⑥。然士有百行，君有幾？」許云：「皆備。」婦曰：「夫百行以德為首，君好色不好德，何謂皆備？」允有慚色，遂相敬重。

【注釋】❶許允：三國魏河間高陽（今河北高陽東）人，字士宗，官至領軍將軍，後被司馬師所害。衛尉：即衛尉卿，官名，掌管宮門警衛。阮衛尉：即阮共，三國魏陳留尉氏（今屬河南）人，字伯彥，官至衛尉卿。❷德如：即阮侃，字德如，阮共之子，官至河內太守。❸桓範：三國魏沛國（治所在今江蘇沛縣）人，字允明，官至大司農。❹無：通「毋」，不要。❺四德：指婦德、婦言、婦容、婦功（善於紡績）。❻新婦：已婚婦女自稱。

【翻譯】

許允的妻子是阮衛尉的女兒、阮德如的妹妹，長得特別醜陋。婚禮結束後，許允已不再有進入洞房的可能，家中人深深為此憂慮。恰巧許允來了客人，妻子叫使女去看看是誰，使女回來稟告：「是桓公子。」桓公子就是桓範。妻子說：「無需擔心了，桓公子一定會勸他進來的。」桓範果然對許允說：「阮家既然把醜女兒嫁給你，肯定是有用意的，你應該細心體察。」許允便回到臥室，見到妻子後，馬上又想出去。妻子料想他這次出去不可能再進來，就拉住他的衣襟要他停下。許允於是對她說：「婦人應該有四德，你有其中幾條呢？」妻子說：「我所缺少的只是容貌就是了。但是士人應該有各種各樣的好品行，您又有幾條呢？」許允說：「我全都具備。」妻子說：「各種好品行中以德行為首，您愛好女色而不愛好德行，怎麼能說都具備呢？」許允面有慚愧之色，從此兩人便相互敬重了。

許允婦教子免禍

許允為晉景王所誅①，門生走入告其婦②。婦正在機中，神色不變，曰：「蚤知爾耳。」③門人欲藏其兒，婦曰：「無豫諸兒事。」後徙居墓所，景王遣鍾會看之④，若才流及父，當收。兒以諮母，母曰：「汝等雖佳，才具不多，率胸懷與語，便無所憂；不須極哀，會止便止；又可少問朝事。」兒從之。會反⑤，以狀對，卒免。

【注釋】❶晉景王：即司馬師，三國河內溫縣（今河南溫縣西）人，字子元，司馬懿之子。繼其父任魏大將軍，專國政。後廢魏帝曹芳，立曹髦，不久病死。晉國初建，追尊為景王；司馬炎稱帝，上尊號為景帝。❷門生：兩晉、南北朝時期依附於世家豪族的人。❸蚤：通「早」。❹鍾會：字士季，官至司徒。❺反：同「返」。

【翻譯】

許允被晉景王殺害，門客跑入內宅告訴他妻子。許允的妻子正在機上紡織，神色沒有改變，說：「早就知道會這樣的。」門客想把許允的兒子藏匿起來，她說：「不關孩子們的事情。」後來遷移到許允的墓地居住，晉景王派鍾會去察看許允的兒子，如果才能流品趕得上他們父親的話，便要逮捕。孩子們向母親求教，母親說：「你們幾個雖然都很好，但是才能並不高，只要敞開心胸同他談話，就不會有甚麼可憂慮的；也不要十分哀痛，該停便停；還應當稍稍問問朝中的事。」孩子們照她的話辦了。鍾會回去後，把情況報告晉景王，許允的兒子終於免脫了災禍。

諸葛誕女答夫

王公淵娶諸葛誕女①，入室，言語始交，王謂婦曰：「新婦神色卑下，殊不似公休！」婦曰：「大丈夫不能仿佛彥雲②，而令婦人比蹤英傑！」③

【注釋】❶王公淵：三國魏太原祁（今山西祁縣東）人，名廣，字公淵。有風度才學，聲名很高。諸葛誕：字公休，仕魏任鎮東將軍、司空。❷仿佛：相像。彥雲：即王凌，字彥雲，王廣之父，漢末曾任中山太守，仕魏任散騎常侍、兗州刺史、太尉。❸比蹤：齊步，並駕。

【翻譯】

王公淵娶諸葛誕的女兒為妻，進入臥室，剛開始交談，王便對妻子說：「你的神情卑微而低下，很不像你父親公休！」妻子說：「作為男子漢不能像您父親彥雲那樣，卻要求婦道人家去同英雄豪傑媲美！」

陶公母湛氏

陶公少有大志①，家酷貧，與母湛氏同居②。同郡范逵素知名③，舉孝廉④，投侃宿。于時冰雪積日，侃室如懸磬⑤，而逵馬僕甚多。侃母湛氏語侃曰：「汝但出外留客，吾自為計。」湛頭髮委地，下為二髲⑥，賣得數斛米⑦。斫諸屋柱，悉割半為薪，剉諸薦以為馬草。日夕，遂設精食，從者皆無所乏。逵既歎其才辯，又深愧其厚意。明旦去，侃追送不已，且百里許⑧。逵曰：「路已遠，君宜還。」侃猶不返。逵曰：「卿可去矣。至洛陽，當相為美談。」侃乃返。逵及洛，遂稱之於羊晫、顧榮諸人⑨，大獲美譽。

【注釋】❶陶公：即陶侃。❷氏：在娘家的姓後加上「氏」字是古代稱呼已婚女子的一種方式。湛氏：西晉豫章新淦（今江西清江）人，陶侃生母。❸范逵：西晉鄱陽（治所在今江西鄱陽北）人，曾舉孝廉，生平事蹟不詳。❹舉：推舉。孝廉：選舉官吏的科目，要求是孝順廉潔，被選中的人也稱為孝廉。❺磬（qìng）：一種石製的敲擊樂器，懸掛在架子上奏樂。室如懸磬：比喻極為貧乏，典出《左傳・僖公二十六年》。❻髲（bì）：假髮。❼斛：量器名。

❽許：表示大體的約數。❾羊晫（zhuó）：《晉書‧陶侃傳》作「楊晫」，其時為豫章國郎中令，生平事蹟不詳。顧榮：西晉吳郡吳縣（今江蘇蘇州）人，名榮，字彥先，曾任太子中舍人、廷尉正，後又出任琅邪王軍司，加散騎常侍。

【翻譯】

陶公年輕時就有遠大的志向，家中極為貧困，同母親湛氏住在一起。距他家不遠的范逵一向很有聲名，被選拔為孝廉，有一次他到陶侃家來投宿。當時連日冰雪，陶侃家一無所有，而范逵的馬匹隨從很多。陶母湛氏對陶侃說：「你只管去把客人留下，我自當設法招待。」湛氏的頭髮長得拖到地上，剪下做成兩段假髮，賣去後買了幾斛米。又砍下家中幾根屋柱，全都劈開來當柴燒，還將草墊鍘碎作為馬料。到傍晚時分，便準備好了精美的食物，范逵的隨從也都沒有欠缺。范逵既讚歎陶侃的才幹和言談，又對他深厚的情意感到過意不去。第二天早晨離去時，陶侃追隨相送不肯停止，送了將近一百里路。范逵說：「送得很遠了，您應該回去了。」陶侃仍然不肯返回。范逵說：「你可以回去了。

到洛陽之後，我一定替你美言揚名。」陶侃這才返回。范逵到洛陽後，向羊晫、顧榮等人讚揚陶侃，陶侃於是獲得了極好的聲名。

陶母封鮓責侃

陶公少時作魚梁吏①，嘗以坩鮓餉母②。母封鮓付使，反書責侃曰：「汝為吏，以官物見餉，非唯不益，乃增吾憂也。」

【注釋】❶陶公：即陶侃。魚梁：一種捕魚的設施，用土石橫截水流，留一缺口，讓魚隨水流入竹簍一類器具中。❷坩（gān）：陶土製成的盛物的器皿。鮓（zhǎ）：醃製的魚。

【翻譯】

陶公年輕時擔任管理魚梁的小吏，曾把一罐子醃魚送給母親。母親封好醃魚，交還給送來的人，又寫了回信責備陶侃說：「你當官吏，拿公家的東西送給我，這不但沒有好處，反而會增加我的憂慮。」

桓車騎箸新衣

桓車騎不好箸新衣①，浴後，婦故送新衣與。車騎大怒，催使持去。婦更持還，傳語云：「衣不經新，何由而故？」桓公大笑，箸之。

【注釋】❶桓車騎：即桓沖。

【翻譯】

桓車騎不喜愛穿新衣服，洗過澡後，妻子故意送新衣服給他。車騎十分生氣，催促着讓人拿走。妻子又讓人拿回來，並且傳話說：「衣服不經過新的，又怎麼會變成舊的呢？」桓公哈哈大笑，穿上了新衣服。

謝夫人大薄凝之

王凝之謝夫人既往王氏①，大薄凝之。既還謝家，意大不説②。太傅慰釋之曰③：「王郎，逸少之子④，人身亦不惡⑤，汝何以恨乃爾？」答曰：「一門叔父，則有阿大、中郎⑥；羣從兄弟，則有封、胡、遏、末⑦。不意天壤之中，乃有王郎！」

【注釋】❶王凝之：東晉琅邪臨沂（今屬山東）人，字叔平，王羲之第二子，曾任江州刺史、左軍將軍。謝夫人：即謝道韞。❷説：同「悦」。❸太傅：指謝安。❹逸少：即王羲之。❺不惡：不差，不錯。❻阿大：指謝尚，東晉陳郡陽夏（今河南太康）人，字仁祖，曾任鎮西將軍、豫州刺史。中郎：指謝據，謝安次兄，早死。古代兄弟是三人時，則稱老二為中。這裏謝安兄弟六人，仍稱老二為中，大約是生至兄弟三人時，已稱之為中，後沿用這一稱呼而未改。❼封：謝韶的小字。謝韶，字穆度，官至車騎司馬。胡：謝朗的小字。謝朗，字長度，小字胡兒，謝安次兄謝據的長子，官至東陽太守。遏：《晉書・列女傳》作「羯」，謝玄的小字。謝玄，東晉陳郡陽夏（今河南太康）人，字幼度，小字遏，謝安之姪。末：謝淵（《晉書・列女傳》避唐高祖李淵的名諱，改作「川」）的小字。謝淵，字叔度，官至義興太守。

【翻譯】

王凝之夫人謝道韞嫁往王家後，十分看不起凝之。回娘家來時，內心極不高興。謝太傅寬慰她說：「王公子是逸少的兒子，人才也不差，你為甚麼這樣不滿意呢？」道韞回答說：「我們謝家伯父叔父之中，有阿大、中郎這樣的人物；堂兄堂弟之中，又有封、胡、遏、末這樣的人才。沒想到天地之間，竟還有王郎這樣的人！」

王夫人與顧家婦

謝遏絕重其姊①，張玄常稱其妹②，欲以敵之。有濟尼者，並遊張、謝二家，人問其優劣，答曰：「王夫人神情散朗，故有林下風氣；顧家婦清心玉映③，自是閨房之秀。」④

【注釋】❶謝遏：即謝玄。其姊：指謝道韞。下文「王夫人」也是指她。❷張玄：又作張玄之（丁國鈞《晉書校文》卷四認為二者同是一人，劉孝標《世說新語注》也認為同是一人），籍貫不詳，字祖希，曾任吏部尚書、冠軍將軍、吳興太守。❸顧家婦：據文意，張玄之妹嫁顧氏，所以稱顧家婦。❹秀：突出的人。

【翻譯】

謝遏極為推重自己的姐姐，張玄常常稱讚自己的妹妹，想以此來同他媲美。有一個法號濟的尼姑同張、謝兩家都有交往，有人問到她兩位夫人的高下，回答說：「王夫人神情瀟灑開朗，確有竹林名士的風度；顧夫人心靈瑩潔潤澤，真是一位大家閨秀。」

眼耳關於神明

王尚書惠嘗看王右軍夫人①，問：「眼耳未覺惡不？」②答曰：「髮白齒落，屬乎形骸；至於眼耳，關於神明，那可便與人隔！」③

【注釋】❶尚書：指吏部尚書。晉宋時尚書省分六曹治事，吏部即其中之一。吏部尚書為吏部長官，協助尚書令分職處理本部政務。王尚書惠：即王惠，晉末宋初琅邪臨沂（今屬山東）人，字令明，王羲之的族孫，入宋後任吏部尚書，死後追贈太常。王右軍夫人：即郗璇，字子房。其時年已九十。❷惡：指官能衰退。❸隔：隔離。眼耳是保持同外界聯繫的主要器官，如眼耳不靈就等於與外界隔絕。

【翻譯】

尚書王惠曾去看望王右軍夫人，問她：「眼睛耳朵沒覺得不管用吧？」王夫人回答說：「頭髮轉白，牙齒脱落，只是形體上的事；至於眼睛耳朵，卻關係到精神，哪能就和人世隔絕呢！」

二十 術解

《術解》與《巧藝》兩門集中反映了魏晉人士的特殊才能。術解指通曉技藝，善解疑難。這裏的技藝，主要指占卜和醫藥，還包括音樂。把這幾種技藝放在一起，根源於我國古代的巫文化傳統。因為上古時代的巫，就是專司占卜、醫藥、祭祀的，音樂則是祭祀活動中的一個重要組成部分。

事實上，《世說新語》作者對於占卜、禱神、信道等迷信活動，一直是疑信參半的。這在《方正》門裏也有明顯的反映。所以作者在這裏讓郭璞同善解占塚宅的晉明帝開了一個玩笑，小小地調侃了一下這種迷信活動。

音樂方面，作者介紹了阮咸的故事。魏晉知識分子普遍愛好音樂，曹植、阮籍、嵇康都是著名的音樂家，但其中最負盛名的仍數阮咸。在東晉人所繪《竹林七賢與榮啟期圖》中，阮咸被畫成正在演奏樂器的樣子。他手中的樂器，後世就徑稱作「阮咸」，至今也未曾絕響。

荀勖服阮神識

荀勖善解音聲①，時論謂之「暗解」②。遂調律呂③，正雅樂④。每至正會⑤，殿庭作樂，自調宮商⑥，無不諧韻。阮咸妙賞⑦，時謂「神解」。每公會作樂，而心謂之不調，既無一言直勖⑧，意忌之，遂出阮為始平太守⑨。後有一田父耕於野，得周時玉尺，便是天下正尺。荀試以校己所治鐘鼓、金石、絲竹⑩，皆覺短一黍，於是服阮神識。

【注釋】❶荀勖（xù）：魏晉期間潁川潁陰（今河南許昌）人，字公曾。仕魏曾任安陽令，從事中郎，入晉後又曾任秘書監、光祿大夫、尚書令、封濟北郡公，固辭未受。因善解樂律，曾掌管樂事。❷暗：通「諳」，熟習。暗解：默識，見多識廣。❸律呂：古代用十二個長度不同的律管，吹出十二個高度不同的標準音，以確定樂音的高低，叫做十二律。十二律分為陰陽兩類，奇數六律為陽律，也叫六律；偶數六律為陰律，也叫六呂。合稱為律呂。❹雅樂：用於郊廟朝會等隆重場合的正樂。❺正會：元旦集會。❻宮商：舉宮商以代表五個音階。❼阮咸：西晉陳留尉氏（今屬河南）人，字仲容，阮籍之姪，「竹林七賢」之一，與阮籍並稱為「大小阮」，曾任散騎侍郎、始平太守。❽直：這裏表示「認為……正確」。❾始平：郡名，治所在今陝西興平東南。❿金：指鐘鎛（bó，一種平口鐘）。石：指磬。絲：指琴瑟。竹：指簫管。鐘鼓、金石、絲竹：泛指各類樂器。

【翻譯】

荀勖善於體會音律，世間輿論認為他見多識廣。於是他調整音高，正定用於各種隆重場合的正樂。每到元旦集會時，朝廷奏樂，他親自協調五音，韻律無不和諧調暢。阮咸的欣賞水準極為精妙，時人都認為他的領悟能力出神入化。每次集會奏樂時，他心中都認為音律不夠協調，從不講一句肯定荀勖的話。荀勖心中忌恨他，因而把他調任為始平太守。後來有一個農夫在田野裏耕地，得到了一根周代的玉尺，這便是天下的標準尺。荀勖試着用它來校正自己定音的各種樂器，律管都要短一粒黍米那麼長，於是才嘆服阮咸神妙的見識。

晉明帝問葬

晉明帝解占塚宅①，聞郭璞為人葬②，帝微服往看③，因問主人：「何以葬龍角④？此法當滅族。」主人曰：「郭云此葬龍耳，不出三年，當致天子。」⑤帝問：「為是出天子邪？」答曰：「非出天子，能致天子問耳。」

【注釋】❶晉明帝：即司馬紹。占：占卜，一種預測吉凶的迷信方法。❷郭璞：東晉河東聞喜（今屬山西）人，字景純，博學而喜陰陽卜筮之術。曾任著作佐郎，後任王敦記室參軍。王敦謀反，命其卜筮，他說必定失敗，因而被殺。❸微服：帝王、官吏為隱瞞自己的身份而改換平民的服裝。❹龍角：古代占塚宅的方法認為，墓地的整體要厚實，地形要高敞，前要有水澗，後要有山岡；同時把整個墓地比附為一條龍的形狀。如果把棺柩埋葬在龍的鼻子或額頭上，就會大吉大利；埋葬在龍的兩角或眼睛上，就要全族滅亡。❺致：招引，招致。這句的「致」字可以有兩種理解，一種指可以使得死者家中產生一位天子，另一種指可以使得天子到這裏來。下文晉明帝的問話是第一種含義，主人轉述郭璞的話是第二種含義。

【翻譯】

晉明帝會給墳墓看風水，聽説郭璞給人家選擇葬地，便裝扮成普通百姓前去觀看，隨後問主人：「為甚麼埋葬在龍角上？這種做法是要滅族的。」主人説：「郭璞講這是葬在龍耳上，不出三年，就能夠招引來天子。」明帝問：「是家中出天子嗎？」主人回答説：「不是家中出天子，而是能夠招引天子來詢問啊。」

郗愔常患腹內惡

郗愔信道甚精勤①，常患腹內惡，諸醫不可療。聞于法開有名②，往迎之。既來，便脈云：「君侯所患③，正是精進太過所致耳。」合一劑湯與之④。一服，即大下，去數段許紙⑤，如拳大，剖看，乃先所服符也⑥。

【注釋】❶郗愔：東晉高平金鄉（今屬山東）人，字方回，曾任輔國將軍、會稽內史、都督浙江東五郡軍事，死後追贈為司空。❷于法開：東晉僧人，精於醫術，生平事蹟不詳。❸君侯：對官位高貴者的尊稱。❹湯：指中藥湯劑。❺許：大體相當的意思。❻符：也叫符籙，道士寫在紙上用以驅鬼治病的神秘符號，以水服下，據說可以祛病延年。

【翻譯】

郗愔信奉道教非常虔誠勤勉，經常感到肚子裏不舒適，許多醫生都無法治好。他聽說于法開很有名氣，便去接他來。于法開來後就診脈，說：「您所患的病，正是虔誠過分造成的。」配了一劑湯藥給他。一服藥馬上大瀉，瀉出好幾段紙團，有拳頭那麼大小，剖開一看，竟是先前吞下去的符籙。

殷中軍妙解經脈

殷中軍妙解經脈①，中年都廢②。有常所給使，忽叩頭流血。浩問其故，云：「有死事，終不可說。」詰問良久，乃云：「小人母年垂百歲，抱疾來久，若蒙官一脈③，便有活理。訖就屠戮無恨。」浩感其至性，遂令舁來，為診脈處方。始服一劑湯便愈。於是悉焚經方④。

【注釋】

❶殷中軍：即殷浩。經脈：中醫學把人體中氣血運行的通路叫經脈。這裏指經絡脈理，也即中醫治病的道理。❷中年：古代一般指四十歲上下。❸官：卑賤者對尊貴者的尊稱，常用於臣下稱呼君主、奴僕稱呼主人、姬妾稱呼夫主。❹經方：指殷浩所著的醫藥方書，其中記載了對症藥方及治療辦法。

【翻譯】

殷中軍精通醫術，中年之後全都丟開不用了。有一名經常使喚的僕役，突然跪下連連叩頭，以至流血。殷浩問他緣故，說：「有件關係到死的事，但終究不應當說。」追問了很久，才說：「小人的母親將近百歲了，得病已經很久，假如蒙您給她診一次脈，就有救活的可能。治好病後，我就是被殺也不抱怨。」殷浩被他深厚的孝心所感動，便讓抬來，給病人診脈開處方。剛剛服下一劑湯藥，病便痊癒。於是殷浩將其所著的醫藥方書全部焚毀了。

二十一　巧藝

魏晉時期的藝術分類，與現代大致相同，包括書法、繪畫、雕塑、建築，還有棋藝與騎射（這二者現代歸入體育）。其中，繪畫特別受到時人的重視。這大約是因為魏晉重視人物神明，而繪畫可以較為直觀地表現人物神明的緣故。

魏晉藝術家不僅努力用自己的藝術實踐來表現人物神明，而且力圖在理論上也作出總結。東晉大畫家顧愷之就是這方面的傑出代表。他在當時的「得意忘形」這一重要哲學思想的影響下，提出了「以形寫神」的創作原則，由是產生了「傳神阿堵」的故事。他認為，對於那些最能表現人物神明的部分，如眼睛，必須認真刻畫；而對於人體中那些「無關妙處」也即無關神明的部分，如四肢，則可忽略不論。顧愷之還把魏晉清談中以自然美比附人格美的方法應用到人物畫裏。如他以巖石作為謝鯤畫像的背景，就是借與人物情性相呼應的自然環境來表現人物神明的一種嘗試。

總之，《巧藝》的價值不僅在於它所記載的故事的生動性上，同時還表現在其中反映出的魏晉藝術思想的深刻與精闢上。

鍾會與荀濟北

鍾會是荀濟北從舅①，二人情好不協。荀有寶劍，可直百萬②，常在母鍾夫人許。會善書，學荀手跡，作書與母取劍，仍竊去不還。荀勖知是鍾而無由得也，思所以報之。後鍾兄弟以千萬起一宅③，始成，甚精麗，未得移住。荀極善畫，乃潛往畫鍾門堂作太傅形象④，衣冠狀貌如平生。二鍾入門，便大感慟，宅遂空廢。

【注釋】❶荀濟北：即荀勖。❷直：表示「與……價值上相當」，同「值」。❸鍾兄弟：指鍾毓、鍾會二人。下文「二鍾」也指他們。❹太傅：這裏指鍾繇。形象：又寫作「形像」，相貌形狀。

【翻譯】

鍾會是荀濟北的堂舅，兩人感情不和。荀勖有一把寶劍，大約值一百萬錢，常常放在母親鍾夫人那裏。鍾會擅長書法，摹仿荀勖的字跡，寫信給母親要寶劍，於是騙取到手便不再歸還。荀勖知道這事是鍾會幹的，但卻無法要回，就想辦法報復他。後來鍾氏兄弟花一千萬錢修建一座住宅，剛剛建成，很精緻漂亮，尚未搬過去住。荀勖極擅長繪畫，便偷偷地跑到新宅門堂上畫了一幅鍾太傅的肖像，衣冠容貌同活着時一樣。鍾氏兄弟入門見後，就極度悲痛，這所住宅便一直閒置未用。

戴安道畫行像

戴安道中年畫行像甚精妙①。庾道季看之②，語戴云：「神明太俗，由卿世情未盡。」戴云：「唯務光當免卿此語耳。」③

【注釋】❶戴安道：即戴逵。❷庾道季：即庾龢。❸務光：夏代末年隱士，相傳商湯要把天下讓給他，他恥於接受，投水而死。

【翻譯】

戴安道中年後畫遺像極為逼真。庾道季見到後，對他說：「神情畫得過於俗氣，大概因為你世俗的情戀尚未除盡。」戴安道說：「只有務光才能免去你的這番評論。」

謝幼輿在巖石裏

顧長康畫謝幼輿在巖石裏①。人問其所以，顧曰：「謝云：『一丘一壑②，自謂過之。』此子宜置丘壑中。」③

【注釋】❶顧長康：東晉晉陵無錫（今屬江蘇）人，名愷（kǎi）之，字長康。曾任桓溫及殷仲堪參軍，後又任通直散騎常侍，多才多藝，有「才絕、畫絕、癡絕」之稱。謝幼輿：東晉陳郡陽夏（今河南太康）人，名鯤，字幼輿，避亂南下後，曾任王敦長史、豫章太守。❷一丘一壑：深山幽谷，常指隱居的住所。謝鯤所說的「一丘一壑，自謂過之」，是回答晉明帝問他同庾亮相比自己評價如何的話（見《晉書・謝鯤傳》）。他自認為在朝廷上處理政務比不上庾亮，但在深山幽谷中陶冶性情則超過庾亮。❸子：對人的尊稱。

【翻譯】

顧長康畫了一幅謝幼輿在巖石中的畫像。有人問他這樣畫的原因，他回答：「謝曾經說過：『在深山幽谷中陶冶性情，我自認為超過庾亮。』所以這位先生應該安置在深山幽谷中。」

顧長康不點目精

顧長康畫人，或數年不點目精。人問其故，顧曰：「四體妍蚩①，本無關於妙處；傳神寫照，正在阿堵中。」②

【注釋】❶蚩（chī）：醜，同「媸」。妍（yán）蚩：美醜。❷阿堵：這，這個。

【翻譯】

顧長康畫人像，有時好幾年都不點上眼睛。有人問他甚麼緣故，他說：「形體的美與醜，本來就不牽涉到神妙之處；畫像要傳神，正在這裏面。」

二十二　寵禮

寵禮指君對臣、官長對屬下的恩寵優禮。

這類特殊的人際關係，往往能反映出時代的某些特點。東晉開國之君元帝司馬睿與丞相王導本為君臣關係，然而元帝登基時竟拉王導同坐受賀。這一乖謬常理的舉動，一方面反映了整個魏晉南北朝士族政權的特點：皇權不再具有兩漢那樣的權威，而成為大族力量平衡的產物；士族對皇帝不存有過多的依賴，倒是皇帝對士族領袖往往存有懼憚之心。另一方面，這一行動也反映了東晉初年的特殊形勢：作為西晉宗室支系的司馬睿，本無繼承皇位的可能，然而西晉已亡，中原淪喪，江東地區則是舊日東吳士族的勢力範圍，為了借晉室的正統名位來安撫江東士庶，鞏固北來士族在江東的地位，深謀遠慮的北方士族領袖王導推出了司馬睿。此時司馬睿內心的憂慮、惶恐可想而知。他深知自己的地位只有倚仗士族領袖的支持才能鞏固，這才演出了強邀丞相同登御床的一幕。

太陽與萬物同輝

元帝正會①，引王丞相登御床②，王公固辭，中宗引之彌苦③。王公曰：「使太陽與萬物同輝，臣下何以瞻仰！」

【注釋】❶元帝：即晉元帝司馬睿。❷王丞相：即王導。御床：帝王用的坐具。❸中宗：晉元帝的廟號（帝王死後在太廟裏受奉祀時被追尊的名號，也是後代對去世帝王的一種稱呼）。苦：表示程度更深。

【翻譯】

晉元帝元旦集會，拉王丞相一道登御座，王公堅決推辭，元帝越發苦苦地拉他。王公說：「如果太陽與萬物一起發出光輝，那麼做臣子的又怎能瞻仰呢！」

髯參軍，短主簿

王珣、郗超並有奇才，為大司馬所眷拔①。珣為主簿，超為記室參軍②。超為人多髯③，珣狀短小。于時荊州為之語曰④：「髯參軍，短主簿，能令公喜⑤，能令公怒。」

【注釋】❶大司馬：這裏指桓溫。❷記室參軍：參軍之一種，掌管章表書記文檄。❸髯（rán）：面頰上的鬍鬚。❹荊州：州名，治所在今湖北荊州。❺公：古代對人的尊稱。能令公喜，能令公怒：意思是他們受到桓溫的寵信，並且能左右桓溫的喜怒好惡等感情。

【翻譯】

王珣與郗超都有突出的才能，受到大司馬桓溫的愛重提拔。王珣擔任主簿，郗超擔任記室參軍。郗超的鬍鬚濃密，王珣的形體矮小。當時荊州地方給他們編了歌謠說：「大鬍子參軍，矮個子主簿，能讓大司馬歡喜，能讓大司馬發怒。」

二十三　任誕

司馬氏在篡奪曹魏政權前後，藉口「以孝治天下」來鎮壓對立派士族的反抗。大批名士對這種虛偽殘忍的態度十分不滿，除了紛紛退隱之外，任誕也是他們表示對抗的一種方式。以嵇康、阮籍為首的「竹林七賢」，就是這方面的代表人物。

所謂任誕，就是任性放誕。它首先表現為不遵禮法。如阮籍居喪時飲酒食肉，嫂歸家時，他無視「叔嫂不通問」的禮制，公然與之説話道別，並宣稱：「禮豈為我輩設也！」任誕的另一顯著表現是飲酒，劉伶酒後脱衣裸形在屋中，「人見譏之，劉曰：『我以天地為棟宇，屋室為褌衣，諸君何為入我褌中？』」原來劉伶是以「幕天席地，縱意所如」的大人先生自居（見劉伶《酒德頌》），在險惡的現實環境中嚮往着一種絕對自由的境地。這種境地，清醒中當然不可得，於是借酒麻醉，在迷糊的幻境中求得滿足。

「三日不飲酒，覺形神不復相親」，「使我有身後名，不如即時一杯酒」，「拍浮酒池中，便足了一生」，「痛飲酒，熟讀《離騷》，便可稱名士」。《任誕》門中載述的這一曲曲獻給酒神的讚歌，究其實質，都是要借酒消釋心中的憤懣，逃避黑暗的現實。

然而，嵇、阮等人的任誕，是出於對司馬氏褻瀆禮教、利用禮教的憤恨，「不平之極，無計可施，激而變成不談禮教、不信禮教，甚至於反對禮教。……至於他們的內心，恐怕倒是相信禮教，當作寶貝」（魯迅《魏晉風度及文章與藥及酒之關係》）。劉孝標《世說新語注》引《竹林七賢論》說：「是時竹林諸賢之風雖高，禮教尚峻，迨元康（西晉惠帝年號）中，遂至放蕩越禮。」正因為七賢聲譽甚高，西晉立國後貴遊子弟爭相仿效七賢的任誕行為，表面上是附庸風雅，實則為自己的縱慾放蕩尋找藉口，後代遂將晉代淫佚之風歸咎於七賢。其實二者的性質是根本不同的，這一點，我們在閱讀時，應結合魏晉歷史細加辨析。

竹林七賢

陳留阮籍、譙國嵇康、河內山濤三人年皆相比①，康年少亞之。預此契者②，沛國劉伶、陳留阮咸、河內向秀、琅邪王戎③。七人常集於竹林之下，肆意酣暢，故世謂「竹林七賢」。

【注釋】❶陳留：國名，治所在今河南開封東南。阮籍：三國魏陳留尉氏（今屬河南）人，字嗣宗。曾任步兵校尉，世稱「阮步兵」；與嵇康齊名，是「竹林七賢」之一。譙：郡名，治所在今安徽亳州。譙在三國期間置為郡，西晉期間置為國，這裏是用西晉時的名稱記述。嵇康：三國魏譙郡銍（今安徽宿州）人，字叔夜，「竹林七賢」之一。曾任中散大夫，世稱「嵇中散」，後遭鍾會構陷，被司馬昭所殺。河內：郡名，治所在今河南武涉西。山濤：魏末晉初河內懷縣（今河南武涉西）人，字巨源，「竹林七賢」之一，曾任吏部尚書、尚書右僕射。❷契：相合。❸沛：國名，治所在今安徽濉溪西北。劉伶：西晉沛國（治所在今安徽濉溪西北）人，字伯倫，「竹林七賢」之一，曾任建威參軍。阮咸：西晉陳留尉氏（今屬河南）人，字仲容，阮籍之姪，「竹林七賢」之一，與阮籍並稱為「大小阮」，曾任散騎侍郎、始平太守。向秀：河內懷縣（今河南武涉西南）人，字子期，「竹林七賢」之一，曾任黃門侍郎、散騎常侍。琅邪：國名，治所在今山東臨沂北。王戎：西晉琅邪臨沂（今屬山東）人，字濬沖，「竹林七賢」之一，官至尚書令、司徒，進爵安豐縣侯。

【翻譯】

陳留阮籍、譙國嵇康、河內山濤三人年齡相近，其中嵇康稍小一些。參加他們聚會的還有：沛國劉伶、陳留阮咸、河內向秀、瑯邪王戎。這七人常常在竹林之下會集，縱情暢飲，所以世間把他們稱為「竹林七賢」。

阮籍喪母食酒肉

阮籍遭母喪，在晉文王坐進酒肉①。司隸何曾亦在坐②，曰：「明公方以孝治天下③，而阮籍以重喪顯於公坐飲酒食肉，宜流之海外④，以正風教。」文王曰：「嗣宗毀頓如此⑤，君不能共憂之，何謂？且有疾而飲酒食肉，固喪禮也。」⑥籍飲啖不輟，神色自若。

【注釋】❶晉文王：即司馬昭。❷司隸：即司隸校尉。何曾：三國魏陳郡陽夏（今河南太康）人，字穎考，曾任司隸校尉、尚書、鎮北將軍，入晉後官至太宰。❸明公：對有爵位的權貴長官的尊稱。❹海外：本指我國國境以外的地方，這裏泛指邊遠地區。❺毀頓：指居喪過哀而導致極度疲憊。❻固喪禮也：據《禮記‧曲禮》中說，居喪時如身體疲乏不舒適可以飲酒食肉，這也合於喪禮；如居喪不能堅持到底才是最大的不孝。

【翻譯】

阮籍為母親服喪期間，在晉文王席間飲酒吃肉。司隸何曾也在座，他對晉文王說：「您正主張用孝道來治理天下，但是阮籍重喪在身，公然在您席間飲酒吃肉，應當把他放逐到邊地，以端正風尚教化。」晉文王說：「阮嗣宗已經如此哀傷疲憊了，您不能為他分憂，還這樣講做甚麼呢？再說身體不適而飲酒吃肉，本來也是合乎喪禮的事。」阮籍吃喝不停，神色自若。

劉伶脫衣裸形

劉伶恆縱酒放達，或脫衣裸形在屋中。人見譏之，伶曰：「我以天地為棟宇①，屋室為褌衣，諸君何為入我褌中！」

【注釋】❶棟宇：本指房屋的正中與四面邊沿，這裏泛指房屋。

【翻譯】

劉伶常常縱情狂飲，放蕩不羈，有時脫得一絲不掛地待在屋中。有人看見後譏諷他，他說：「我以天地作為房屋，以居室作為衣褲，各位先生為甚麼要跑進我的褲子中來！」

阮籍嫂還家

阮籍嫂嘗還家，籍見與別。或譏之，籍曰：「禮豈為我輩設也！」①

【注釋】❶禮：禮制，指《禮記・曲禮》中關於嫂嫂與小叔之間不能相互問候的規定。

【翻譯】

阮籍的嫂嫂有一次回娘家，阮籍見到後與她道別。有人譏諷他不守禮制，阮籍說：「禮制難道是為我們這些人設立的嗎？」

不如即時一杯酒

張季鷹縱任不拘①，時人號為「江東步兵」②。或謂之曰：「卿乃可縱適一時，獨不為身後名邪？」答曰：「使我有身後名，不如即時一杯酒！」

【注釋】❶張季鷹：即張翰。❷步兵：即步兵校尉，率領宿衛部隊。擔任此職的不一定是武人。江東步兵：這裏是把張翰比作阮籍。阮籍曾任步兵校尉，人稱「阮步兵」，而張翰是吳郡人，地處江東，所以這麼說。

【翻譯】

張季鷹為人放任而不拘禮節，當時的人稱他為「江東步兵」。有人對他說：「你眼下只顧盡情舒適享樂，難道就不考慮死後的名聲嗎？」他回答說：「與其讓我有死後的名聲，還不如現時來一杯酒！」

孔羣好飲酒

鴻臚卿孔羣好飲酒①，王丞相語云②：「卿何為恆飲酒？不見酒家覆瓿布③，日月糜爛？」羣曰：「不爾。不見糟肉乃更堪久？」羣嘗書與親舊：「今年田得七百斛秫米④，不了麴糵事。」⑤

【注釋】❶鴻臚卿：官名，主管朝賀慶弔等禮儀。孔羣：東晉會稽山陰（今浙江紹興）人，字敬林（劉孝標《世說新語注》引《會稽後賢記》作「敬休」，此據《晉書・孔羣傳》），官至御史中丞。❷王丞相：即王導。❸瓿（bù）：一種陶製容器，這裏指酒罈。❹斛：量器名。❺麴糵：本指酒母，這裏指釀酒。

【翻譯】

鴻臚卿孔羣愛好飲酒，王丞相對他說：「你為甚麼總是飲酒呢？沒看見酒店裏蓋酒罈的布，時間一長就腐爛了嗎？」孔羣說：「不是這樣。您沒看見用酒糟過的肉，更能耐久嗎？」孔羣曾經給親友寫信說：「今年收了七百斛高粱米，不足以應付釀酒的事。」

王子猷令種竹

王子猷嘗暫寄人空宅住，便令種竹。或問：「暫住何煩爾？」王嘯吟良久，直指竹曰：「何可一日無此君！①」

【注釋】❶君：這裏用擬人化的手法把竹子比作氣質高雅而又富有才德的人。

【翻譯】

王子猷曾經暫時寄住在別人的空宅裏，隨即就讓人種竹子。有人問他：「暫時住一住，何必這樣麻煩呢？」王子猷長嘯吟詠了許久，指着竹子說：「哪能一天沒有這位君子呢！」

王子猷夜往剡

王子猷居山陰①，夜大雪，眠覺，開室，命酌酒。四望皎然，因起彷徨，詠左思《招隱詩》②。忽憶戴安道，時戴在剡，即便夜乘小船就之，經宿方至，造門不前而返。人問其故，王曰：「吾本乘興而行，興盡而返，何必見戴！」

【注釋】❶山陰：地名。❷左思：西晉齊國臨淄（今山東淄博）人，名思，字太沖，曾任秘書郎。

【翻譯】

王子猷住在山陰時，夜裏下大雪，醒來後，打開房門，叫人斟上酒。往四面望去，一片皎潔，於是起身徘徊，吟詠左思的《招隱詩》。忽然之間想起了戴安道，當時戴正在剡縣，王子猷當即乘着小船連夜趕到他那裏去，經過一整夜才到達，到了門前卻不進去而又返回山陰。有人問他為甚麼這樣，他說：「我本是乘興而去，興盡後回來，又為甚麼一定要見戴安道呢！」

溫酒流涕

桓南郡被召作太子洗馬①，船泊荻渚②，王大服散後已小醉③，往看桓。桓為設酒，不能冷飲，頻語左右令「溫酒來」，桓乃流涕嗚咽。王便欲去，桓以手巾掩淚，因謂王曰：「犯我家諱④，何預卿事！」⑤王歎曰：「靈寶故自達！」

【注釋】❶桓南郡：即桓玄，小字靈寶。太子洗馬：官名，掌管賓贊受事，太子外出時擔任前導，晉代開始又掌管秘書圖籍。❷荻渚（zhǔ）：地名，故址在今湖北江陵附近。❸王大：即王忱。服散：參見P134注❸「行散」注。服散後不能飲冷酒，否則不利於藥性散發。❹家諱：參見P125注❷「諱」注。桓玄父名溫。❺預：關係到，關涉。

【翻譯】

桓南郡被任命為太子洗馬後，乘船停泊在荻渚，王大服散後已有些醉意，去看望桓。桓為他備辦了酒宴，王大不能飲冷酒，不停地告訴侍從「溫酒來喝」，桓南郡便流淚哽咽起來。王大就想離去，桓南郡用手巾抹淚，對王大說：「犯了我的家諱，關你甚麼事呢！」王大讚歎他說：「桓靈寶確實曠達！」

王孝伯談名士

王孝伯言：「名士不必須奇才，但使常得無事，痛飲酒，熟讀《離騷》①，便可稱名士。」

【注釋】❶《離騷》：《楚辭》篇名，屈原作，集中反映了作者的愛國精神以及思想上的苦悶。

【翻譯】

王孝伯說：「名士不一定需要突出的才能，只要能常常無事，痛快地飲酒，熟讀《離騷》，就可以稱為名士。」

二十四　簡傲

簡傲，指為人怠慢、倨傲。這也是魏晉名士的一種風氣，它起源於對禮法利祿之士的鄙視，如本門所載嵇康對鍾會的態度便屬此類。鍾會其人，是司馬氏的鷹犬，多次參與對曹党名士的迫害；而且為人陰險，雖有才能但品格卑下，嵇康很看不起他。而在鍾會這邊，卻屢屢想求得著名學者嵇康的賞識（見《文學》門「鍾會撰《四本論》」條），但終因嵇康的一再拒絕，尤其是這一次專程拜訪受到的冷遇，而銜恨在心，最後成為殺害嵇康的主謀。可見魏晉時名士的簡傲，一般是事出有因，而且往往要付出沉重的代價。所以這種行為還是值得敬重的。也正因為嵇康等人的行為受人敬重，晉世貴遊子弟紛紛起而仿效，結果漫衍成一種傲慢無禮、自命清高、不務實事的風氣。如王獻之兄弟的簡傲便屬此類，這就非但不可敬，簡直令人生厭了。

鍾士季尋嵇康

鍾士季精有才理，先不識嵇康。鍾要于時賢俊之士，俱往尋康①。康方大樹下鍛，向子期為佐鼓排②。康揚槌不輟，傍若無人③，移時不交一言。鍾起去，康曰：「何所聞而來？何所見而去？」鍾曰：「聞所聞而來，見所見而去。」

【注釋】❶要：通「邀」。❷排：通「鞴（bèi）」，一種皮革製成的鼓風吹火器。❸傍：通「旁」。

【翻譯】

鍾士季很有才思，起初不認識嵇康。鍾邀請了當時的名流人物，一起去探訪嵇康。嵇康正在大樹下打鐵，向子期幫着拉風箱。嵇康不停地揮動鐵槌，好像旁邊沒有外人一樣，過了好一會兒都沒有同他們講話。鍾士季起身準備離去，嵇康說：「你聽到了甚麼而來？見到了甚麼而去？」鍾回答說：「聽到了所聽到的東西才來的，見到了所見到的東西才走的。」

王子猷署馬曹

王子猷作桓車騎騎兵參軍①。桓問曰：「卿何署？」答曰：「不知何署，時見牽馬來，似是馬曹。」②桓又問：「官有幾馬？」答曰：「『不問馬』③，何由知其數？」又問：「馬比死多少？」答曰：「『未知生，焉知死！』」④

【注釋】❶桓車騎：即桓沖。騎兵參軍：參軍之一種，掌管馬畜牧養、供給等事。❷馬曹：管理馬匹的官署。❸不問馬：這是引用《論語‧鄉黨》中的文句。原文的意思是：孔子聽說馬棚失火後，只問有沒有傷人，而不問及馬。❹未知生，焉知死：這是引用《論語‧先進》中的文句。原文的意思是：子路向孔子請教關於死的問題，孔子沒有正面回答，只是說：「生的道理還沒有弄明白，怎麼能夠懂得死！」

【翻譯】

王子猷擔任桓車騎的騎兵參軍。桓問他：「你在哪個部門？」回答說：「不知在哪個部門，經常見到有人牽馬來，好像是在馬曹。」桓又問：「官府中一共有多少馬匹？」回答説：「『不問馬』，哪能知道牠的數目呢？」桓又問：「近來馬匹死了多少？」王子猷回答説：「『未知生，焉知死！』」

子敬兄弟見郗公

王子敬兄弟見郗公①，躡履問訊②，甚修外生禮。及嘉賓死③，皆箸高屐④，儀容輕慢。命坐，皆云：「有事，不暇坐。」既去，郗公慨然曰：「使嘉賓不死，鼠輩敢爾！」⑤

【注釋】❶郗公：即郗愔。郗愔與王子敬兄弟是舅甥關係。❷履：是一種用草、麻、皮、絲之類製成的單底鞋子，可供正式場合穿着。❸嘉賓：即郗超。❹屐：魏晉南北朝期間，木屐主要用來登山，或在家中不見賓客時穿着。由於不是正服，外出或見長輩時穿着木屐是不禮貌的。❺鼠輩：罵人的話，等於説老鼠一類的東西。

【翻譯】

王子敬兄弟去見郗公時，穿着出客的鞋子，恭敬地問候，很注意做外甥的禮節。等到嘉賓死後，則都穿着高底的木屐，神態輕慢。郗公叫他們坐，都說：「有事情，沒時間坐。」他們走後，郗公感慨地說：「如果嘉賓不死，鬼東西們哪敢這樣！」

王子敬遊名園

王子敬自會稽經吳①，聞顧辟疆有名園②，先不識主人，徑往其家。值顧方集賓友酣燕③，而王遊歷既畢，指麾好惡④，傍若無人。顧勃然不堪曰：「傲主人，非禮也；以貴驕人，非道也。失此二者，不足齒人⑤，傖耳！」⑥便驅其左右出門。王獨在輿上，回轉顧望，左右移時不至，然後令送箸門外，怡然不屑。

【注釋】❶吳：這裏指吳縣，治所在今江蘇蘇州。❷顧辟疆：東晉吳郡（治所在今江蘇蘇州）人，曾任郡公曹、平北參軍。❸燕：通「宴」。❹麾：通「揮」。❺人：當據沈寶硯校本《世說新語》作「之」。❻傖（cāng）：粗野、鄙陋。東晉南北朝期間，南方人常以此譏罵北方人。

【翻譯】

王子敬從會稽回來經過吳郡，聽說顧辟疆家有一座名園，先前他並不認識顧辟疆，但還是直接到他家去。正碰上顧在宴請賓友暢飲，而王遊覽完畢後，指點評論，好像旁邊沒有主人一樣。顧難以忍受，十分生氣地說：「看不起主人，這是非禮的行為；依仗高位輕視他人，不是做人的道理。無視禮儀又不講道理，只是一個不值一提的傖父而已！」於是把王的隨從趕出門外。王獨自坐在轎子中，四處顧望，隨從許久也沒有來，顧辟疆才讓人把他送到門外，王的臉上依舊是一副不予理會的安適神態。

二十五　排調

排調一般指朋友之間善意的嬉謔調笑。本門類所收排調之辭，多數出自當時名士之口，十分風趣優美，顯示了魏晉名士的才華與修養。如周顗回答王導的調笑說，自己的大肚子中「空洞無物，但容卿輩數十人」。張玄之反駁先輩嘲弄他口中如狗洞大開，說：「正使君輩從此中出入！」這些玩笑無傷大雅，但讀來令人解頤。另有些排調之辭頗富文學意味，如文士陸雲與荀隱初次見面，自我介紹時不作常語，而以詩賦作答，相互嘲戲，既富機趣，又極有文采。還有些排調之辭，包含着深奧的哲理，如桓溫說桓豹奴與其舅「不恆相似，時似耳！恆似是形，時似是神」。搞得自命風雅、看不起舅舅的桓豹奴十分不快。從中也可以看出魏晉時對人物神明的認識與重視。

也有一些排調之辭，涉及嚴肅的論題。如支遁向竺法深買岇山作為幽棲之所，深公答道：「未聞巢、由買山而隱！」謝安一向以隱逸自高，最終出仕，郝隆借藥草遠志又名小草來譏笑他：「處則為遠志，出則為小草。」這些對於假隱士的諷刺揭露，對當時社會虛假的隱逸之風，有一定的針砭作用。

荀鳴鶴與陸士龍

荀鳴鶴、陸士龍二人未相識①，俱會張茂先坐②。張令共語③，以其並有大才，可勿作常語。陸舉手曰：「雲間陸士龍。」④荀答曰：「日下荀鳴鶴。」⑤陸曰：「既開青雲睹白雉⑥，何不張爾弓⑦，布林矢？」荀答曰：「本謂雲龍騤騤⑧，定是山鹿野麋，獸弱弩強，是以發遲。」張乃撫掌大笑。

【注釋】❶荀鳴鶴：西晉潁川（治所在今河南許昌）人，名隱，字鳴鶴，曾任太子舍人、廷尉平。陸士龍：即陸雲，字士龍，曾任清河內史，世稱「陸清河」。❷張茂先：西晉范陽方城（今河北固安南）人，名華，字茂先，歷任中書令、都督幽州諸軍事、侍中、司空。❸共：袁氏本《世説新語》作「其」，現據影宋本《世説新語》改作「共」。❹雲間：雲彩之間。因為陸雲名雲，字又叫士龍，所以這樣説。後世就把陸雲家鄉所在地（本屬吳郡吳縣，元代時改屬松江府）稱為雲間。❺日下：太陽之下。因為荀隱的家鄉靠近京都，所以這樣説。後世就把京都稱為日下。❻白雉（zhì）：白色的野雞。雉與日音相近，陸雲取白雉諧音白日以相戲謔。❼爾：其時荀隱年不足二十，陸雲年長，加上排調時不拘禮節，所以用「爾」。❽騤（kuí）騤：強壯的樣子。

【翻譯】

荀鳴鶴、陸士龍二人互不相識，一起在張茂先席間會了面。張讓兩人交談，因為他們都有傑出的才能，要他們別説些通常的言談。陸舉起手説：「我是雲間陸士龍。」荀回答説：「我是日下荀鳴鶴。」陸又説：「烏雲已經散開，見到了白雉，為何不張開你的弓，搭上你的箭？」荀回答説：「本認為是條強壯的雲間龍，卻原來只是山野間的麋鹿，獸弱而弓強，所以才遲遲發箭。」張茂先於是拍手大笑。

能容卿輩數百人

王丞相枕周伯仁膝①，指其腹曰：「卿此中何所有？」答曰：「此中空洞無物，然容卿輩數百人。」

【注釋】❶王丞相：即王導。周伯仁：即周顗。

【翻譯】

王丞相頭枕在周伯仁膝上，指着周的肚子問：「你這肚子裏有些甚麼東西？」周回答說：「這裏面空洞無物，但是能夠容下你們這樣的幾百個人。」

支道林買岬山

支道林因人就深公買印山①，深公答曰：「未聞巢、由買山而隱。」②

【注釋】❶支道林：見 P66 注❸。深公：即竺道潛。印山：當據《高僧傳・竺道潛傳》、《世說新語・言語》作「岇（àng）山」。岇山，山名，在今浙江嵊縣。❷巢：指巢父（fǔ），古代隱士。相傳堯將君位讓給他，他不受。由：指許由，古代隱士。相傳堯將君位讓給他，他逃至箕山下農耕而食。

【翻譯】

支道林托人向深公買岇山，深公回答說：「沒聽說過巢父、許由買山來隱居。」

張吳興齔齒

張吳興年八歲①，虧齒②，先達知其不常③，故戲之曰：「君口中何為開狗竇？」張應聲答曰：「正使君輩從此中出入。」

【注釋】❶張吳興：即張玄。❷虧齒：指幼年換牙時門齒脱落。❸先達：有德行學問而又聲位顯達的前輩。

【翻譯】

張吳興八歲時，門齒脱落，先輩知道他不平凡，故意戲弄他説：「您口中為甚麼開了狗洞？」張隨聲回答説：「正是讓您這類人物從這裏出入。」

郝隆日中仰臥

郝隆七月七日出日中仰臥①，人問其故，答曰：「我曬書。」

【注釋】❶郝隆：東晉汲郡（治所在今河南汲縣西南）人，字佐治，官至征西參軍。

【翻譯】

郝隆七月七日這一天到太陽下面仰臥着，有人問他做甚麼，他回答說：「我曬書。」

謝公出仕

謝公始有東山之志①，後嚴命屢臻，勢不獲已，始就桓公司馬。于時人有餉桓公藥草，中有遠志。公取以問謝：「此藥又名小草，何一物而有二稱？」謝未即答。時郝隆在坐，應聲答曰：「此甚易解。處則為遠志②，出則為小草。」③謝甚有愧色。桓公目謝而笑曰：「郝參軍此通乃不惡④，亦極有會。」

【注釋】❶謝公：即謝安。東山：在今浙江上虞縣西南。因謝安早年曾隱居於此，所以用「東山之志」來表示隱居的志向。❷處：指隱居山林。❸出：指出來任官。❹不惡：不差，不錯。

【翻譯】

謝公起初抱有隱居山林的志向，後來官府徵召的命令屢次下達，勢不得已，才就任桓公屬下的司馬。當時有人送給桓公一些草藥，其中有遠志，桓公拿它問謝：「這種藥又叫做小草，為甚麼一種東西卻有兩個名稱呢？」謝沒有立即回答。這時郝隆也在座，隨聲回答說：「這很容易解釋。隱處山中時是遠志，出了山就是小草。」謝深感慚愧。桓公看看謝笑着說：「郝參軍這一闡發確實不壞，也極有意味。」

阿翁以子戲父

張蒼梧是張憑之祖①，嘗語憑父曰②：「我不如汝。」憑父未解所以，蒼梧曰：「汝有佳兒。」憑時年數歲，斂手曰：「阿翁，詎宜以子戲父！」

【注釋】❶張蒼梧：即張鎮，西晉吳郡吳縣（今江蘇蘇州）人，字義遠，曾任蒼梧太守，封興道縣侯。

張憑：東晉吳郡吳縣（今江蘇蘇州）人，字長宗，陸退岳父，曾任吏部郎、御史中丞。❷憑父：其名字及生平事蹟未詳。

【翻譯】

張蒼梧是張憑的祖父，曾經對張憑的父親說：「我不如你。」張憑父親不理解這樣說的原因，張蒼梧說：「你有一個好兒子。」張憑當時只有幾歲，恭敬地拱手說：「阿爺，哪能用兒子來戲弄父親呢！」

桓豹奴似其舅

桓豹奴是王丹陽外生①，形似其舅，桓甚諱之。宣武云②：「不恆相似，時似耳！恆似是形，時似是神。」桓逾不說③。

【注釋】❶桓豹奴：即桓嗣，東晉譙國龍亢（今安徽懷遠西）人，字恭祖，小字豹奴，官至江州刺史。王丹陽：即王混，東晉琅邪臨沂（今屬山東）人，字奉正，官至丹陽尹。❸宣武：指桓溫。❸逾：通「愈」。說：同「悅」。

【翻譯】

桓豹奴是王丹陽的外甥，容貌像他舅舅，桓很忌諱這一點。桓宣武對他說：「也不總是相似，只是偶爾相似罷了！總是相似的，只是外形；偶爾相似的，則是神采。」桓豹奴更加不高興。

簸揚洮汰

王文度、范榮期俱為簡文所要①，范年大而位小，王年小而位大。將前，更相推在前。既移久，王遂在范後。王因謂曰：「簸之揚之，糠秕在前。」②范曰：「洮之汰之③，沙礫在後。」

【注釋】❶范榮期：即范啟。簡文：即簡文帝司馬昱。要：通「邀」。❷糠秕：穀類中的皮殼及癟粒。❸洮：通「淘」。

【翻譯】

王文度、范榮期都受到簡文帝的邀請，范年齡大而官位低，王年齡小而官位高。正要向前走的時候，兩人相互推讓，讓對方走在前面。推讓許久以後，王最終走在范的後面。王於是對范說：「播穀揚穀，糠秕飄在前面。」范榮期說：「淘米洗米，砂礫落在後面。」

顧長康啖甘蔗

顧長康啖甘蔗，先食尾。人問所以，云：「漸至佳境。」

【翻譯】

顧長康吃甘蔗，先吃甘蔗梢。有人問他甚麼緣故，他說：「漸漸地到達美好境界。」

二十六　輕詆

輕詆是一方對另一方的輕蔑之辭，含有較多的貶意。但由於發言者多為有才華的名士，出言含蓄，又使得這類輕詆之辭絕不同於肆言漫罵，有時甚至還很有風趣。如支遁嘲笑「獨抱遺經，謹守家法」的王坦之：「箸膩顏帢，緆布單衣，挾《左傳》，逐鄭康成車後，問是何物塵垢囊！」顏帢是魏代時裝，到了東晉顯然不合時宜，塵垢囊即垃圾袋。這是實寫王坦之衣着的破敝過時，又象徵了王坦之所守兩漢經學的陳舊，只配裝進垃圾袋。言辭不可謂不刻薄，但比喻卻十分貼切有趣。再如王導對庾亮的逼人權勢表示不滿，支遁嘲諷諸王學說吳語，措詞也很生動形象，耐人尋味。

王公以扇拂塵

庾公權重①，足傾王公②。庾在石頭③，王在冶城坐，大風揚塵，王以扇拂塵曰：「元規塵污人！」

【注釋】❶庾公：即庾亮。其時庾亮以鎮西將軍鎮守武昌（今湖北鄂城），掌重兵。❷王公：即王導。其時王導以丹陽太守居冶城。❸石頭：地名，即石首縣（今屬湖北），晉代置（據楊勇《世説新語校箋》説）。

【翻譯】

庾公權勢很重，足以壓倒王公。庾在石頭的時候，王在冶城坐鎮，大風颳起塵土，王用扇子撣去灰塵説：「元規的塵土玷污人！」

劉夫人答謝公問

孫長樂兄弟就謝公宿①，言至款雜。劉夫人在壁後聽之②，具聞其語。謝公明日還，問昨客何似，劉對曰：「亡兄門未有如此賓客。」③謝深有愧色。

【注釋】❶孫長樂：即孫綽。謝公：即謝安。❷劉夫人：指謝安夫人劉氏。❸亡兄：指劉惔。

【翻譯】

孫長樂兄弟到謝公家投宿，言談極為空泛駁雜。劉夫人在板壁後，全都聽到了他們的談話。謝公第二天回到內室，問昨天來的客人怎麼樣，劉夫人回答說：「我已故兄長的家中從來沒有這樣的賓客。」謝公臉色很羞愧。

問是何物塵垢囊

王中郎與林公絕不相得①。王謂林公詭辯，林公道王云：「箸膩顏帢②，綸布單衣③，挾《左傳》④，逐鄭康成車後⑤，問是何物塵垢囊！」

【注釋】❶王中郎：即王坦之。林公：即支遁。❷顏帢（qià）：三國魏時流行的一種摹仿古代皮弁而製成的絲帛便帽。帽前有一橫縫，可以區別前部和後部。到西晉末年，漸漸去掉橫縫，稱為無顏帢。東晉時期戴顏帢，猶如今天戴古人的冠巾，已不合時宜。❸綸：字書無此字，當據楊勇《世說新語校箋》作「緆」。緆，指邋遢，衣服破舊不整潔。單衣：一種僅次於朝服的正式服裝，東晉時謁見尊長者常穿此服。❹《左傳》：記載春秋時期史事的一部儒家經典。❺鄭康成：即鄭玄。

【翻譯】

王中郎同林公極不友善。王認為林公善於詭辯，林公評論王時說：「戴着一頂滿是油膩的老式帽子，穿着一件邋遢的衣服，挾着一本《左傳》，跟在鄭康成的車子後面跑，真要問問這是甚麼樣的垃圾袋！」

不作洛生詠

人問顧長康：「何以不作洛生詠？」答曰：「何至作老婢聲！」①

【注釋】❶老婢：對老年婦女的輕蔑稱呼。因洛陽書生吟詠時發音重而濁，作為南方人的顧愷之不屑於摹仿，就把它比作老婢說話的聲音。

【翻譯】

有人問顧長康：「您為甚麼不摹仿洛陽書生吟詠呢？」他回答：「哪至於去學老婢說話的腔調！」

支道林見諸王

支道林入東①，見王子猷兄弟，還，人問：「見諸王何如？」答曰：「見一羣白頸烏，但聞喚啞啞聲。」②

【注釋】❶東：東晉時把會稽、吳郡（治所在今江蘇蘇州）稱為東，這裏指會稽。❷喚啞（yā）啞聲：東晉丞相王導雖是北方人，但很喜愛説吳地方言，因此王氏子弟多學他的做法。這裏支遁是在譏諷他們。

【翻譯】

支道林到會稽去，見到王子猷兄弟，回來後有人問：「見了王氏兄弟，認為他們怎麼樣？」支道林回答説：「見到了一羣白頸子烏鴉，只聽見在啞啞地叫。」

二十七　假譎

假譎的意思是虛假欺詐。這在今天是絕對的貶義，但在《世説新語》中，其含義卻並不這樣單純。《假譎》門中的一些條目，對統治者的奸詐狠毒、善用權術的特性進行了揭露，例如魏武嘗言「人欲危己，己輒心動」，就是很典型的例子。

《假譎》門中還有一些條目，所述雖仍不離欺詐的行為，作者則顯然是抱着欣賞的態度來寫的。如著名的「望梅止渴」的故事，表現了曹操的智慧謀略；「玉鏡台聘婚」的故事，表現了溫嶠的詼諧多情，至今仍被傳為佳話。從這方面來看，假譎也並不僅僅是貶義。作者立此門類，只不過是要真實地反映魏晉豐富複雜的人物性格中的一個方面罷了。

望梅止渴

魏武行役，失汲道，軍皆渴，乃令曰：「前有大梅林，饒子，甘酸，可以解渴。」士卒聞之，口皆出水，乘此得及前源。

【翻譯】

魏武帝行軍時，錯過了水源，軍隊全都口渴難忍，他於是傳令說：「前面有一片大梅林，梅子很多，又甜又酸，可以解渴。」士兵們聽了這話，口中都流出涎水來，靠了這一招才得以趕到前面的水源。

魏武嘗言心動

魏武嘗言：「人欲危己，己輒心動。」因語所親小人曰：「汝懷刃密來我側，我必說心動。執汝使行刑，汝但勿言其使，無他，當厚相報。」執者信焉，不以為懼，遂斬之。此人至死不知也。左右以為實，謀逆者挫氣矣。

【翻譯】

魏武帝曾經説過：「有人要危害我，我就立即心跳。」為此他對一名親隨説：「你揣刀偷偷來到我身邊，我一定會喊心跳。抓住你讓行刑時，你只要不説出是我指使的，不會有其他禍事，我會重重報答你的。」被抓的人相信了這話，不覺得這事可怕，於是就殺掉了這人。這人一直到死也不知道怎麼回事。手下的人相信真是如此，想施行謀害的人都洩氣了。

玉鏡台聘婚

温公喪婦①。從姑劉氏②，家值亂離散，唯有一女，甚有姿慧，姑以屬公覓婚③。公密有自婚意，答云：「佳婿難得，但如嶠比云何？」④姑云：「喪敗之餘，乞粗存活，便足慰吾餘年，何敢希汝比？」卻後少日，公報姑云：「已覓得婚處，門地粗可，婿身名宦，盡不減嶠。」因下玉鏡台一枚⑤。姑大喜。既婚，交禮，女以手披紗扇，撫掌大笑曰：「我固疑是老奴⑥，果如所卜。」玉鏡台，是公為劉越石長史⑦，北征劉聰所得⑧。

【注釋】❶溫公：即溫嶠。❷從姑劉氏：既然是堂姑母，應當稱溫氏，這裏可能是隨她夫家姓而稱劉氏。但據《溫氏譜》，溫嶠並未娶劉家女子，所以有人認為這是一篇虛構的文字。❸屬：同「囑」。❹比：類。常用於代詞或名詞後，表示同類的人或事物。下文「比」字同。❺玉鏡台：一種玉製的梳妝用具，上可以架鏡子，內可以儲放梳妝品。❻老奴：對有相當年齡的男子的一種戲謔稱呼。❼劉越石：西晉中山魏昌（今河北無極）人，名琨，字越石，曾任并州刺史、大將軍、都督并州諸軍事。❽劉聰：十六國時期漢國國君，一名載，字玄明，匈奴族。其父劉淵死後，他殺兄奪取帝位，後攻破西晉京都，俘虜懷、愍二帝。

【翻譯】

溫公死了妻子。堂姑母劉氏家中遭遇戰亂，流離失散，身邊只有一個女兒，十分漂亮聰明，姑母囑託溫公給尋一門親事。溫公私下裏有自己娶她的意思，回答說：「好女婿不容易找到，只是像我這樣的人，怎麼樣？」姑母說：「喪亂之後僥倖存活的人，只求馬馬虎虎地過得下去，就足以撫慰我的晚年了，哪敢希求像你一樣的人呢？」事後沒幾天，溫公告知姑母說：「已經找到了人家，門第還可以，女婿的聲名地位都不比我差。」於是送了一座玉鏡台作為聘禮。姑母十分高興。成婚時，行了交拜禮後，新娘用手掀開紗巾，拍手大笑說：「我本來就疑心是你這個老東西，果然不出所料。」玉鏡台，是溫公任劉越石長史北征劉聰時得到的。

二十八　黜免

黜免的意思是罷免官職。本門所載各條，體現了魏晉統治階級內部激烈的權力鬥爭。殷浩與桓溫同為東晉中期的士族領袖、朝廷重臣，彼此常有競爭之心（參閱《品藻》門「桓公與殷侯齊名」條），後來殷浩終因北伐失利，被桓溫趁機進讒而免掉官職，削為平民，流放遠地。殷浩無可奈何，只能書空洩憤。同為權力鬥爭的犧牲品，東晉末年的殷仲文則屬於另一種類型。桓玄叛亂，殷仲文保朝廷有功，自以為從此會得到重用，誰知事與願違，他的處境還不如自己的門生故吏。滿腹委屈無處訴說，他只能借老槐自況，發發牢騷。從這裏我們也可以看出，魏晉時期借自然景觀表現人物內心的表現手法，已普遍應用於生活的各個方面了。

黜免得猿子者

桓公入蜀①，至三峽中，部伍中有得猿子者，其母緣岸哀號，行百餘里不去，遂跳上船，至便即絕。破視其腹中，腸皆寸寸斷。公聞之怒，命黜其人。

【注釋】❶桓公：即桓溫。蜀：指今四川地區。

【翻譯】

桓公率部進入蜀中，到達三峽時，軍隊中有人捕獲一隻小猿，母猿沿岸哀哭號叫，隨行一百多里都不肯離去，最終跳上了船，一上船就立即死去。剖開母猿肚子一看，腸子全都一寸寸地斷開了。桓公聽說後發怒，命令革除了那個人。

咄咄怪事

殷中軍被廢①，在信安②，終日恆書空作字。揚州吏民尋義逐之，竊視，唯作「咄咄怪事」四字而已③。

【注釋】❶被廢：指罷免官職。晉穆帝永和八年（352），殷浩任都督揚、豫、徐、兗、青五州軍事進取中原時，被前秦擊敗，次年又遭姚襄伏擊，大敗而回。桓溫乘機挾嫌上疏，殷被免為庶人。❷信安：縣名，治所在今浙江衢州。❸咄（duō）咄怪事：使人吃驚的怪事。「咄咄」是表示驚歎詫異的聲音。

【翻譯】

殷中軍被免官後，居住在信安，整天都對着空中寫字。他在揚州任職時的一些部下和百姓思念他的恩義追隨着他，偷偷地注視，見他只是在寫「咄咄怪事」四個字而已。

老槐扶疏

桓玄敗後①，殷仲文還為大司馬諮議②，意似二三，非復往日。大司馬府聽前有一老槐③，甚扶疏④。殷因月朔，與眾在聽，視槐良久，歎曰：「槐樹婆婆⑤，無復生意！」

【注釋】❶敗：指桓玄篡位後，遭北府兵將領劉裕起兵聲討，兵敗被殺。❷殷仲文：東晉陳郡（治所在今河南淮陽）人，字也叫仲文，桓玄姐夫。曾任尚書、東陽太守；桓玄篡位，任侍中；後因謀反罪名，被劉裕所殺。大司馬：這裏指劉裕。諮議：即諮議參軍，謀議軍事要務，位在其他參軍之上。❸聽：通「廳」。❹扶疏：枝葉茂盛而分披下垂的樣子。❺婆娑：這裏指傾伏乏力的樣子。

【翻譯】

桓玄死後，殷仲文回到京都當上了大司馬劉裕的諮議參軍，主意反復不定，再也不像往日那樣了。大司馬官府的廳堂前有一棵老槐樹，枝葉繁茂分披。殷仲文每月初一集會時，同眾人會集在廳堂上，注視槐樹很久，感歎地說：「老槐樹枝葉傾伏，再也沒有一點生趣！」

二十九　儉嗇

儉嗇包括節儉與吝嗇兩重含義，這是兩種截然不同的品德。作者在本門中也確實記載了兩種不同人物的表現。一種以東晉初期權臣陶侃為代表，《政事》門曾記載他愛惜物力，竹頭木屑皆得其用的事蹟，他自己提倡節儉，也以此為標準取人。在本門中，他也是這樣看待庾亮的。雖然最終是受了假象的迷惑，但也正表現了陶侃的節儉是出於治理國家的需要。另一種以西晉初期大官僚、司徒王戎為代表，表現了魏晉士族地主階級貪婪鄙吝的本性。從東漢中葉開始，莊園經濟形成，魏晉士族地主政權就建立在這一經濟基礎之上。大官僚、大名士往往同時也是大莊園主。他們表面上談玄務虛，高雅非凡，像《規箴》門中反映的王衍甚至口不言「錢」字，但私下裏卻聚斂無度。像王戎這樣親掌籌算，並非個別現象。只不過因為他曾是著名的「竹林七賢」之一，是很有聲望的名士，竟也幹着如此貪鄙的事情，所以特別引人注目罷了。

王戎散籌算計

司徒王戎既貴且富，區宅、僮牧、膏田、水碓之屬①，洛下無比。契疏鞅掌②，每與夫人燭下散籌算計③。

【注釋】❶水碓（duì）：利用水力舂米的工具。❷契疏：券契簿籍。鞅掌：煩勞忙碌。❸籌：又叫籌馬、籌碼，計數和計算的用具。

【翻譯】

司徒王戎地位顯貴，家財富足，田莊、僕役、肥田、水碓之類，在洛陽無人可比。他親自為券契帳目而操勞忙碌，還常常同夫人一道在燭光下散開籌碼進行計算。

王戎賣李

王戎有好李，賣之，恐人得其種，恆鑽其核。

【翻譯】

王戎家有良種李樹，賣李子時，害怕別人得到好種，總是先把果核鑽破。

庾太尉啖薤

蘇峻之亂①，庾太尉南奔見陶公②，陶公雅相賞重。陶性儉吝，及食，啖薤③，庾因留白④。陶問：「用此何為？」庾云：「故可種。」於是大歎庾非唯風流，兼有治實。

【注釋】 ❶蘇峻：東晉長廣挺縣（今山東萊陽南）人，字子高。曾任鷹揚將軍、冠軍將軍、歷陽內史，有精兵萬人。庾亮執政時，想解除他的兵權，調任為大司農，他與祖約起兵，攻入建康（今江蘇南京），專擅朝政，歷史上稱為「蘇峻之難」。不久，被溫嶠、陶侃等擊敗。❷庾太尉：即庾亮。南奔：此時陶侃在尋陽（今江西九江），庾亮自建康（今江蘇南京）去見他，因尋陽在建康西南，所以說南奔。陶公：即陶侃。❸薤（xiè）：也稱藠（jiào）頭，一種多年生草本植物，地下有鱗莖可食用。❹白：指薤的根部，色白。

【翻譯】

蘇峻叛亂時，庾太尉向南逃竄去見陶公，陶公非常賞識器重他。陶公生性節儉惜物，開飯時吃藠頭，庾隨即留下藠頭的根。陶公問他：「要這東西做甚麼？」庾回答說：「還可以再種。」於是陶公極力稱讚他不僅有超俗的氣度，同時也有務實的內美。

三十　汰侈

汰侈的意思是過分奢侈。魏晉士族地主一方面大肆聚斂財物，另一方面則縱情揮霍享樂。他們奢侈的程度在中國歷史上是罕見的，西晉大官僚大莊園主石崇，一面做着荊州刺史，一面派人在本地殺人越貨。相形之下，王戎的親掌籌算（見《儉嗇》）、王衍妻的令婢擔糞（見《規箴》），還算是溫和的聚財方式。既幹着非法的劫奪勾當，又可以在自己獨立的莊園內發展經濟實力，這樣得來的財富，往往連皇家也自歎弗如。魏晉時期士族對皇家不存在過分的依賴，相反倒是皇帝往往受制於士族。這種現象的出現，同經濟上的原因有密切的聯繫。

除了死的財產之外，士族地主還據有活的財產，這就是家奴。殺掉幾個女奴，在石崇、王敦等人看來，只不過是報廢幾個漂亮的用具而已，更能顯示出主人的豪華氣度。「石崇要客燕集」條放在《汰侈》門，揭露意義是極為深刻的。

石崇要客燕集

石崇每要客燕集①，常令美人行酒，客飲酒不盡者，使黃門交斬美人②。王丞相與大將軍嘗共詣崇③，丞相素不能飲，輒自勉強，至於沉醉。每至大將軍，固不飲，以觀其變。已斬三人，顏色如故，尚不肯飲。丞相讓之，大將軍曰：「自殺伊家人，何預卿事！」④

【注釋】❶石崇：西晉渤海南皮（今河北南皮東北）人，字季倫，曾任修武令，官至侍中。家極富有，生活靡費奢侈，後被司馬倫所殺。要：通「邀」。燕：通「宴」。❷黃門：指由宦官充任的內室僕役。❸王丞相：即王導。大將軍：這裏指王敦。❹預：關，關涉。

【翻譯】

石崇每次請客宴會，常常命令美女斟酒勸客，賓客中如有不肯喝完的，就讓侍者們輪番殺死美女。王丞相同大將軍王敦曾經一道去石崇家赴宴，王丞相平素不能喝酒，自己總是勉強喝完，直到喝得大醉。每當給大將軍敬酒，他堅決不喝，來觀察形勢的發展。一連殺掉了三名美女，大將軍的臉色依然如故，還是不肯喝。王丞相責備他，大將軍回答說：「他自己殺他家裏的人，關你甚麼事！」

王武子供烝豚

武帝嘗降王武子家①，武子供饌②，並用琉璃器③。婢子百餘人，皆綾羅絝纙④，以手擎飲食。烝豚肥美⑤，異於常味。帝怪而問之，答曰：「以人乳飲豚。」⑥帝甚不平，食未畢，便去。王、石所未知作⑦。

【注釋】❶武帝：指晉武帝司馬炎。降：對尊貴者來到某地的敬稱。王武子：西晉太原晉陽（今山西太原西南）人，名濟，字武子，官至侍中。❷饌（zhuàn）：食物。❸琉璃：一種礦石質的有色半透明體材料。❹纙（luó）：女子的一種上衣。❺烝：通「蒸」。❻飲（yìn）：給……喝。❼王：指王愷，西晉東海郯（tán）縣（今山東郯城）人，字君夫，司馬昭妻弟，官至後軍將軍。家極富有，生活靡費奢侈。石：指石崇。

【翻譯】

晉武帝曾經到王武子家去，武子設盛宴，用的全是琉璃器皿。使女一百多人，都穿着綾羅綢緞的衣褲，用手托着食物。清蒸小豬肥嫩鮮美，與通常的味道不同。武帝感到奇怪，問到這事，武子回答說：「用人乳餵養的小豬。」武帝聽後很不滿，沒吃完就走了。這樣的小豬，連王愷、石崇也不知道製作方法。

石崇與王愷爭豪

石崇與王愷爭豪，並窮綺麗以飾輿服。武帝①，愷之甥也，每助愷。嘗以一珊瑚樹②，高二尺許，賜愷，枝柯扶疏③，世罕其比。愷以示崇，崇視訖，以鐵如意擊之④，應手而碎。愷既惋惜，又以為疾己之寶⑤，聲色甚厲。崇曰：「不足恨，今還卿。」乃命左右悉取珊瑚樹，有三尺四尺，條幹絕世，光彩溢目者六七枚，如愷許比甚眾⑥。愷惘然自失⑦。

【注釋】❶武帝：指晉武帝司馬炎。❷珊瑚樹：由腔腸動物珊瑚蟲分泌出的石灰質骨骼聚集而成的物體，形狀像樹枝，多為紅色，也有白色或黑色的，可供玩賞。❸扶疏：枝葉茂盛下垂的樣子。❹鐵如意：見P179「如意」注。❺疾：通「嫉」。❻許：這樣，如此。❼憫然：若有所失的樣子。

【翻譯】

石崇與王愷鬥富，都用盡華美豔麗的東西來裝點車馬服飾。晉武帝是王愷的外甥，常常幫助王愷。曾經把一枝二尺來長的珊瑚樹賜給王愷。枝條繁茂，世間很少有這類珍品。王愷拿去給石崇看，石崇看過後，拿鐵如意敲它，隨手就打碎了。王愷既很惋惜，又認為石崇是忌妒自己的寶物，聲色很為嚴厲。石崇說：「不值得遺憾，現在我來還給你。」於是命令身邊的人把家裏的珊瑚樹全部取出來，三四尺高、枝條繁茂絕倫而又光彩溢目的有六七枝，像王愷那一類的就更多了。王愷看後，憫然若失。

三十一　忿狷

忿狷指人急躁易怒。從《世說新語》中可以看出，魏晉人大半脾氣很壞，高傲、發狂、性暴如火。《忿狷》門較為集中地表現了魏晉人物這一性格特點。且看王忱、王恭，只為了勸酒不飲這樣的小事，大打出手，「便欲相殺」，就可知當時人的脾氣壞到何等程度。這方面的記載，最有名的要數王藍田吃雞子的故事了。作者的描寫極為有趣又極為傳神。他以大量筆墨詳述吃雞子不得的過程，又輕輕帶過一筆「雞子於地圓轉未止」的描寫，構成了王藍田與雞子在形體上、動作力度上的大小強弱的對比。當我們看到王藍田這位大漢在小小的雞子面前無能為力，以至於氣急敗壞時，無論誰也會忍俊不禁的。

魯迅在他的《魏晉風度及文章與藥及酒之關係》一文中曾指出，魏晉人的脾氣不好，大約是服藥的緣故。魏晉流行一種名叫「五石散」的所謂長生藥，這種藥物有毒性，服下後對內臟的燒灼比較厲害，大約因此也就影響到了人物的性格。對於這個問題，有興趣的讀者可以參閱魯迅的這篇文章，從而作出自己的判斷。

王藍田食雞子

王藍田性急①。嘗食雞子，以箸刺之，不得，便大怒，舉以擲地。雞子於地圓轉未止，仍下地以屐齒蹍之②，又不得。瞋甚，復於地取內口中③，齧破即吐之。王右軍聞而大笑曰④：「使安期有此性⑤，猶當無一豪可論⑥，況藍田邪？」

【注釋】❶王藍田：即王述。❷仍：因而、於是。❸內：放入，同「納」。❹王右軍：即王羲之。❺安期：即王承，王述之父。❻豪：通「毫」，比喻極其細微之處。

【翻譯】

王藍田性情急躁。有一次吃雞蛋，用筷子去戳雞蛋，沒有戳中，馬上大發脾氣，抓起雞蛋便往地下扔。雞蛋在地上團團地轉個不停，於是跳下地來用木屐齒去踩，又沒有踩中。他憤怒已極，再從地上撿起來塞進口中，咬破後立即把它吐掉。王右軍聽到這件事後大笑說：「即使安期有這種脾氣，尚且沒有絲毫可取，何況是藍田呢！」

王大勸王恭酒

王大、王恭嘗俱在何僕射坐①，恭時為丹陽尹②，大始拜荊州。訖將乖之際③，大勸恭酒，恭不為飲，大逼強之，轉苦，便各以裙帶繞手④。恭府近千人，悉呼入齋⑤；大左右雖少，亦命前，意便欲相殺。何僕射無計，因起排坐二人之間，方得分散。所謂勢利之交，古人羞之。

【注釋】❶王大：即王忱。僕射（yè）：這裏指尚書左僕射，是尚書令的副手之一，協助尚書令處理國家政務。何僕射：即何澄，東晉廬江灊（qián）縣（今安徽霍山北）人，字季玄，歷任冠軍將軍、吳國內史、尚書左僕射。❷丹陽：郡名，治所在今江蘇南京。尹：晉代郡長官一般稱太守，但京都所在地的郡長官稱為尹。❸乖：背離，分離。❹裙：下衣的統稱。❺齋：閒居的房舍。

【翻譯】

王大、王恭曾同在何僕射家作客，王恭當時擔任丹陽尹，王大剛剛受任荊州刺史。到了將要分手的時候，王大勸王恭喝酒，王恭不肯喝，王大強逼他，並且越來越固執，於是各自把衣帶繞到手上準備動武。王恭府中有近千人，全都叫進何僕射的房舍裏來；王大左右的人雖然少些，也命令他們前來，看來就要相互廝殺。何僕射沒有辦法，就站起身來分開兩人坐到他們中間，才把他們隔開勸走。這種所謂由權勢財利產生的交情，古人認為是可恥的。

桓南郡悉殺鵝

桓南郡小兒時①，與諸從兄弟各養鵝共鬥。南郡鵝每不如，甚以為忿。乃夜往鵝欄間，取諸兄弟鵝悉殺之。既曉，家人咸以驚駭，云是變怪，以白車騎②。車騎曰：「無所致怪，當是南郡戲耳！」③問，果如之。

【注釋】❶桓南郡：即桓玄。❷車騎：這裏指桓沖。❸南郡：桓溫死時，桓玄年五歲，襲爵南郡公，所以這裏直接稱他為南郡。

【翻譯】

桓南郡小時候，同各位堂兄弟各自養了鵝來鬥。南郡的鵝常常鬥敗，他為此很惱怒。於是夜間到鵝欄中，把弟兄的鵝全都抓出來弄死。天亮之後，家中人都感到驚異，說是發生了災變，並把這事告訴桓車騎。車騎說：「沒有甚麼可招致災變的，看來是南郡在鬧着玩罷了！」一問，果然是這樣。

三十二　讒險

在別人面前說某人壞話謂之讒，如果是出於險惡的用心，那就是讒險了。另一方面，被讒者出於自衛或報復，也要設法攻破讒言。這樣，便出現了「讒險」與「反讒險」之間的鬥爭。這種鬥爭，並非自魏晉始，只不過因為魏晉特別激烈的權力爭奪，這種「讒險」與「反讒險」的現象表現得更為突出罷了。同時由於世事的日趨複雜，此時的「讒險」與「反讒險」的手段也隨之變得更其精巧隱蔽。這裏選譯的兩條，分別表現了東晉後期的這兩種現象。王國寶的「讒險」和王珣的「反讒險」之所以能成功，同他們善於揣摩他人心理的本領是密切相關的。

孝武帝不見王珣

孝武甚親敬王國寶、王雅①，雅薦王珣於帝②，帝欲見之。嘗夜與國寶及雅相對，帝微有酒色，令喚珣。垂至，已聞卒傳聲。國寶自知才出珣下，恐傾奪其寵，因曰：「王珣當今名流，陛下不宜有酒色見之③，自可別詔召也。」帝然其言，心以為忠，遂不見珣。

【注釋】❶孝武：指晉孝武帝司馬曜（yào），字昌明，簡文帝第三子。在位期間，沉溺於酒色，不理國政，東晉政權日趨衰亡。王國寶：東晉太原晉陽（今山西太原）人，王坦之第三子。曾任侍中、中書令、中領軍，後會稽王司馬道子執政，國事混亂，委罪於他，賜死。王雅：東晉東海郯（tán，今山東郯城北）人，字茂建，曾任太子少傅、尚書左僕射。❷王珣：東晉琅邪臨沂（今屬山東）人，字元琳，丞相王導之孫，曾任桓溫主簿、尚書左僕射，封東亭侯。❸陛下：臣下對皇帝的尊稱。

【翻譯】

晉孝武帝很親近敬重王國寶、王雅二人，王雅向他推薦了王珣，孝武帝想召見他。有一次夜間同王國寶、王雅會見，孝武帝已經有了點醉意，下令叫王珣來。王珣將要到來，已經聽見了士卒傳話的聲音。王國寶知道自己的才能比不上王珣，害怕他排擠掉自己並奪去孝武帝對自己的寵信，於是說：「王珣是當今的名流，陛下不應在有醉意的時候見他，原本可以另外下令召見。」孝武帝認為他的話很對，心中認為他忠誠，便沒有召見王珣。

殷仲堪屏人

王緒數讒殷荊州於王國寶①，殷甚患之，求術於王東亭②。曰：「卿但數詣王緒，往輒屏人，因論它事。如此，則二王之好離矣。」殷從之。國寶見王緒，問曰：「比與仲堪屏人何所道？」緒云：「故是常往來，無它所論。」國寶謂緒於己有隱，果情好日疏，讒言以息。

【注釋】❶王緒：東晉太原晉陽（今山西太原）人，字仲業，王國寶的堂弟，曾任琅邪內史。深受會稽王司馬道子寵愛，後與王國寶同時被殺。殷荊州：即殷仲堪。王國寶：東晉太原晉陽（今山西太原）人，王坦之第三子。曾任侍中、中書令、中領軍，後會稽王司馬道子執政，國事混亂，委罪於他，賜死。❷王東亭：即王珣。

【翻譯】

王緒屢次向王國寶講殷荊州的壞話，殷很憂慮這件事，便去向王東亭請教辦法。王說：「你只管頻繁地到王緒那裏去，去後立即讓身邊的人走開，接着談一些其他的事情。這樣，二王之間就會產生隔閡。」殷聽從了他的話。王國寶見到王緒，問他：「近來你同殷仲堪一起時往往趕走隨從，說些甚麼呀？」王緒說：「確實只是通常的交往，沒有說其他甚麼事。」王國寶認為王緒對自己有所隱瞞，果然感情越來越疏遠，讒言也因此平息了。

三十三　尤悔

尤悔的意思是犯了過失而自咎悔恨，這本是人們所共有的情感體驗，不過因為各人所處時代、地位以及本人個性、經歷的不同，尤悔的內容及表現形式也相應有所不同。反過來，透過這些不同的表現形式，我們也可以看到時代、社會及個人品格的不同特點。西晉大文學家陸機因捲入「八王之亂」而慘遭殺害，臨刑時後悔自己未能脱離權力鬥爭的漩渦，歸隱家鄉，只能發出「欲聞華亭鶴唳，可復得乎」的慨歎。從這裏我們可以看到處於權力鬥爭夾縫中的魏晉知識分子的悲慘命運。東晉明帝得知司馬氏的天下由篡奪而來，「覆面着牀」，羞愧難忍，並敏鋭地感覺到東晉的江山也不會長久。這説明晉明帝已認識到魏晉時期統治者巧取豪奪的時代特點，自己的祖先可以去奪取別人的江山，別人也會如法炮製來對待自己。周邵表面上歸隱廬山，意志堅定，實際上是自高身價，希望得到朝廷的重用。結果終於在庾亮的勸說下出仕，但又嫌官職太低，抑鬱而死。從這裏又可以看到一名假隱士汲汲於名利、患得患失的心理。總之，尤悔是一個複雜的心理過程，通過對這類現象的分析，可以較為準確地把握魏晉時代與人物的某些特點。

欲聞華亭鶴唳

陸平原河橋敗①，為盧志所讒②，被誅。臨刑歎曰：「欲聞華亭鶴唳③，可復得乎！」

【注釋】❶陸平原：即陸機。河橋：橋名，故址在今河南孟縣西南、孟津東北黃河上。河橋敗：晉惠帝太安二年（303），陸機受命率軍征討長沙王司馬乂（yì），戰於河橋，兵敗遭讒，被司馬穎所殺。❷盧志：晉范陽涿縣（今屬河北）人，字子道，曾任衛尉卿、尚書郎。❸華亭：地名，故址在今上海松江西。

【翻譯】

陸平原河橋兵敗後，受到盧志的讒害，最終被殺。臨刑時歎息說：「想聽聽華亭鶴鳴，還有可能嗎！」

王丞相負周侯

王大將軍起事①，丞相兄弟詣闕謝②，周侯深憂諸王③，始入，甚有憂色。丞相呼周侯曰：「百口委卿！」周直過不應。既入，苦相存救。既釋，周大說④，飲酒。及出，諸王故在門。周曰：「今年殺諸賊奴⑤，當取金印如斗大繫肘後。」大將軍至石頭⑥，問丞相曰：「周侯可作三公不？」⑦丞相不答。又問：「可為尚書令不？」又不應。因云：「如此，唯當殺之耳！」復默然。逮周侯被害，丞相後知周侯救己，歎曰：「我不殺周侯，周侯由我而死，幽冥中負此人！」⑧

【注釋】❶王大將軍：即王敦。起事：指晉元帝永昌元年（322）王敦起兵準備攻入建康（今江蘇南京）一事。❷丞相：指王導。❸周侯：即周顗。❹説：同「悦」。❺賊奴：對壞人的蔑稱，指王敦等人。❻石頭：指石頭城，故址在今江蘇南京清涼山。❼三公：晉代以太尉、司徒、司空為三公。❽幽冥：舊時指地下、陰間。

【翻譯】

王大將軍起兵時，王丞相兄弟都到宮廷門外謝罪，周侯很為他們擔憂，進入朝廷時，面色很憂慮。王丞相喊周侯説：「我全家百口都託付給你了！」周徑直走過去，沒有理睬。入朝後，周侯苦苦保救他們。王丞相等人被免罪後，周十分高興，喝了酒。等到出宮門時，王家兄弟仍然待在門口。周説：「今年殺死那些叛賊，將要得到一顆斗大的金印，懸掛在手肘後面。」後來，大將軍王敦攻進石頭城，問王丞相：「周侯能不能做三公？」丞相不回答。又問：「能不能做尚書令？」又沒有回答。於是便説：「這樣的話，只該殺掉他了！」王丞相還是沒有作聲。等到周侯被害，王丞相後來知道他曾救過自己，感慨地説：「我沒殺周侯，但周侯是因我而死的，黃泉之下我對不起這個人！」

晉明帝哀晉祚

王導、温嶠俱見明帝①，帝問温前世所以得天下之由。温未答頃②，王曰：「温嶠年少未諳，臣為陛下陳之。」③王乃具敍宣王創業之始④，誅夷名族，寵樹同己，及文王之末高貴鄉公事⑤。明帝聞之，覆面着牀曰：「若如公言，祚安得長！」⑥

【注釋】❶明帝：即晉明帝司馬紹。❷頃：表示時間的短暫。❸陛下：對皇帝的尊稱。❹宣王：即晉宣王司馬懿。❺文王：即晉文王司馬昭。高貴鄉公：即曹髦（máo），三國魏國皇帝，譙郡譙（今安徽亳州）人，字彥士，曹丕之孫。初封為高貴鄉公，齊王曹芳嘉平六年（254），司馬師廢曹芳，立他為帝，因不甘心做司馬氏的傀儡，率宿衛數百人攻司馬昭，被殺。死後無號，史稱高貴鄉公。❻祚（zuò）：國統。

【翻譯】

王導、溫嶠一道見晉明帝，明帝問溫嶠前代國君能夠得天下的緣由。溫還沒有來得及回答，王便說：「溫嶠年輕不熟悉舊事，我來給陛下陳述。」王導於是詳細地敘述了晉宣王開始創立大業時，誅滅名門大族，寵愛培植親信，以及晉文王末年殺掉高貴鄉公的事情。晉明帝聽後，掩面伏在坐牀上說：「如果像您說的那樣，晉朝的命運又怎能長久呢！」

周子南出仕

庾公欲起周子南①，子南執辭愈固。庾每詣周，庾從南門入，周從後門出。庾嘗一往奄至，周不及去，相對終日。庾從周索食，周出蔬食②，庾亦強飯，極歡；並語世故，約相推引，同佐世之任。既仕，至將軍二千石③，而不稱意。中宵慨然曰：「大丈夫乃為庾元規所賣！」一歎，遂發背而卒④。

【注釋】❶庾公：即庾亮。周子南：東晉人，籍貫不詳，名邵，字子南，初隱居，後聽庾亮勸説任鎮蠻護軍、西陽太守。❷蔬食：粗劣的飲食。❸將軍：統率軍事的官名。二千石（dàn）：俸祿的等級，每月得俸祿一百二十斛左右，相當於郡太守的收入。❹發背：背上癰疽發作。

【翻譯】

庾公想讓周子南出來任官，周子南執意推辭，並且越來越堅決。庾公每次到周那裏去，庾從南門進去，周便從後門走掉。有一次庾突然來到，周來不及脱身，便面對面地坐了一整天。庾向周要些食物吃，周拿出了粗茶淡飯，庾也勉強吃下去，極盡歡樂；同時向周講了許多世間的事務，並約定舉薦他，共同擔負輔助國家的重任。周子南出來任職後，只擔任了二千石俸祿的將軍，並不稱心。他在半夜裏感慨地説：「大丈夫竟然被庾元規出賣了！」一聲歎息，最終背瘡發作而死。

三十四 紕漏

紕漏指因粗心而產生的差錯。蔡謨誤食彭蜞，任瞻不辨茗茶，便屬此類。不過蔡謨鬧的是書呆子的笑話，任瞻的紕漏卻藏有許多辛酸。西晉末年，統治階級內部自相殘殺，外族又趁機大舉入侵，大批士族被迫舉家東渡，遷居江南。先渡江的還能享有士族的一些特權，後渡江的則連安身之處也難尋覓。儘管任瞻年輕時十分得意，此時也不能不仰人鼻息，以致說話行動，處處小心在意。他因為剛到江南，不懂「下飲」就是上茶，提出了「此為茶？為茗？」的怪問題。待發現自己闖了紕漏後，趕緊改口用語音相近的「為熱為冷」來掩飾自己的失態。《世說新語》作者在這裏成功地塑造了一個失意的士族知識分子形象，讀之令人鼻酸。

蔡司徒食彭蜞

蔡司徒渡江①，見彭蜞②，大喜曰：「蟹有八足，加以二螯。」③令烹之。既食，吐下委頓，方知非蟹。後向謝仁祖說此事④，謝曰：「卿讀《爾雅》不熟⑤，幾為《勸學》死。」⑥

【注釋】❶蔡司徒：即蔡謨。渡江：參見P30注❶「過江」注。❷彭蜞（qí）：也寫作「蟛蜞」，一種紅色的甲殼類動物，外形像螃蟹，但較小，螯與足上無毛。❸螯（áo）：節肢動物變形的步足，末端兩邊分開，開合如鉗。❹謝仁祖：即謝尚。❺《爾雅》：我國最早的一部解釋詞義的專書，其中《釋魚》篇講到八足二螯的動物有三種，並非都是螃蟹。❻《勸學》：指漢末蔡邕取《荀子・勸學》文意寫成的《勸學篇》文，其中有「蟹有八足，加以二螯」兩句。

【翻譯】

蔡司徒渡江南下後，見到蟛蜞，非常高興，說：「螃蟹有八隻腳，加上兩隻螯。」叫人把牠煮熟。吃下去後，嘔吐不止，精神疲困，這才知道不是螃蟹。

後來他向謝仁祖説起這件事，謝説：「你沒有熟讀《爾雅》，差點被《勸學篇》害死。」

任育長過江

任育長年少時①，甚有令名。武帝崩②，選百二十挽郎③，一時之秀彥，育長亦在其中。王安豐選女婿④，從挽郎搜其勝者，且擇取四人，任猶在其中。童少時，神明可愛，時人謂育長影亦好。自過江，便失志。王丞相請先度時賢共至石頭迎之，猶作疇日相待，一見便覺有異。坐席竟，下飲⑤，便問人云：「此為茶為茗？」⑥覺有異色，乃自申明云：「向問飲為熱為冷耳。」⑦嘗行從棺邸下度，流涕悲哀。王丞相聞之曰：「此是有情癡。」

【注釋】❶任育長：晉樂安國（治所在今山東博興西南）人，名瞻，字育長，歷任謁者僕射、都尉、天門太守。❷武帝：指晉武帝司馬炎。❸挽郎：牽引靈柩唱輓歌的少年。❹王安豐：

即王戎。❺度：通「渡」。❻下飲：上茶，設茶。茗：晉時稱早採者為茶，晚採者為茗。❼為熱為冷：晉時「熱」與「茶」、「冷」與「茗」各在同一韻部，讀音相近，任瞻因不辨茶與茗，自覺失言，想掩飾自己的窘態，所以這樣說。

【翻譯】

任育長年輕時，很有好名聲。晉武帝死，挑選一百二十名挽郎，都是當時的傑出人才，育長也在其中。王安豐挑選女婿，從挽郎中選擇卓越的人物，暫且先選四人，任育長還在其中。他還是孩子時，靈秀可愛，當時的人都認為任育長連身影都非常漂亮。自從過江南下後，便神志失常。王丞相邀請先前渡江南下的名流到石頭城去迎接他，依然像往日一樣對待他，但一見面就覺得有了變化。大家剛剛坐定，送上茶來，他就問人說：「這是茶，還是茗？」覺得大家神色有異時，又自己申明說：「我剛才只是問茶是熱還是冷罷了。」他曾從棺材鋪前經過，也流下淚來，感到悲傷。王丞相聽到這件事後說：「這真是一個有情的癡子。」

三十五 惑溺

惑溺指感情上的迷惑沉溺。魏晉時期特別推崇真情，《傷逝》門記載了很多朋友之間真誠相交的故事。《惑溺》門則以敍述男女之間的真誠情愛為主。荀粲以身取冷，來為病中的妻子減低熱度；妻子死後，他也因傷痛而亡。更值得注意的是，荀粲對自己這種情感上的沉溺進行辯解，提出「婦人德不足稱，當以色為主」，從而對儒家評價婦女以德為先的傳統標準提出大膽的挑戰。這也從一個側面反映了魏晉士人對於人性解放的追求。

荀奉倩取冷熨婦

荀奉倩與婦至篤①，冬月婦病熱，乃出中庭自取冷，還以身熨之②。婦亡，奉倩後少時亦卒。以是獲譏於世。奉倩曰：「婦人德不足稱，當以色為主。」裴令聞之曰③：「此乃是興到之事，非盛德言，冀後人未昧此語。」

【注釋】❶荀奉倩：三國魏潁川潁陰（今河南許昌）人，名粲，字奉倩。善清談，不與常人交往，年二十九而死。❷熨（yùn）之：指把自己身上的冷氣直接傳導到妻子身上。❸令：指中書令。裴令：即裴楷。

【翻譯】

荀奉倩與妻子的感情極為深厚，冬天裏妻子生病發燒，他便到庭院中凍冷自己，回來用身體貼着妻子。妻子死後，奉倩不久也死了。為此他受到世間的譏諷。荀奉倩曾經説過：「婦人的品德不值得稱道，應當以容貌為主。」裴令聽到後說：「這只是一時興之所至的事，不是有美德的人應當說的話，希望後人不要讓這話弄糊塗了。」

賈充以女妻韓壽

韓壽美姿容①，賈充辟以為掾②。充每聚會，賈女於青瑣中看，見壽，説之③，恆懷存想，發於吟詠。後婢往壽家，具述如此，並言女光麗。壽聞之心動，遂請婢潛修音問，及期往宿。壽蹻捷絕人④，逾牆而入，家中莫知。自是充覺女盛自拂拭，説暢有異於常。後會諸吏，聞壽有奇香之氣，是外國所貢，一着人，則歷月不歇。充計武帝唯賜己及陳騫⑤，餘家無此香，疑壽與女通，而垣牆重密，門閤急峻⑥，何由得爾？乃托言有盜，令人修牆。使反⑦，曰：「其餘無異，唯東北角如有人跡。而牆高，非人所逾。」充乃取女左右婢考問⑧，即以狀對。充秘之，以女妻壽。

【注釋】❶韓壽：西晉南陽堵陽（今河南北城東）人，字德真，歷任散騎常侍、驃騎將軍。❷賈充：西晉平陽襄陵（今山西襄汾東北）人，字公閭，仕魏任大將軍司馬、廷尉，入晉後任司空、侍中、尚書令。❸説：同「悦」。下文「説」字同。❹蹻（qiāo）捷：身手輕靈敏捷。❺武帝：指晉武帝司馬炎。陳騫（qiān）：西晉臨淮東陽（今江蘇金湖西）人，歷任尚書、侍中、太尉、大司馬。❻閤（gé）：正門旁邊的小門。❼反：同「返」。❽考：通「拷」。

【翻譯】

韓壽容貌很美，賈充徵召他來當屬官。賈充每次聚會賓客，他女兒都從窗格眼中觀看，見到韓壽，很喜愛他，心中常常想念，在吟詠詩歌時流露出來。後來她的使女跑到韓壽家中，詳細講了這些情況，同時説到小姐光豔美麗。韓壽聽後動了心，就請使女暗中傳遞音訊，並約好時間到那裏去過夜。韓壽身手輕靈敏捷，超過常人，跳過圍牆入內，賈充家中無人知道。從此以後，賈充覺察到女兒十分用心裝飾打扮，喜悦歡暢的神情非同以往。後來賈充會見僚屬，聞到韓壽身上有一種奇特的香氣，這是外國送來的貢品，一沾到人身上，香氣幾個月都不消退。賈充尋思晉武帝只賜給了自己以及陳騫，其他人家沒有這種香料，因而懷疑韓壽同女兒私通，但是家中圍牆重疊嚴密，大門小門把守嚴緊，從哪裏能進來呢？於是他藉口發現盜賊，派人修牆。派去的人回來說：「沒有其他異常的情況，只是東北角上好像有人跨過的痕跡。不過牆很高，不是人能跳過來的。」賈充便叫來女兒身邊的使女拷打盤問，使女就把情況說了出來。賈充對此嚴守秘密，把女兒嫁給了韓壽。

三十六　仇隙

特殊的政治地位與經濟地位，造成了魏晉士族地主階級極強的爭奪性，不僅爭奪皇位、權力，也爭奪財物、美女。對權力、財產的強烈佔有慾，毒化了魏晉士族內部的人際關係，人與人之間往往充滿仇恨與裂痕，要置對方於死地而後快。石崇的被殺，便是其中一件典型事例。他瘋狂劫掠來的財物，也一旦而為他人所有。食人者終當為人所食，這往往是統治者難以逃脫的一種悲劇命運。

白首同所歸

孫秀既恨石崇不與綠珠①，又憾潘岳昔遇之不以禮②。後秀為中書令③，岳省內見之，因喚曰：「孫令，憶疇昔周旋不？」秀曰：「中心藏之，何日忘之！」④岳於是始知必不免。後收石崇、歐陽堅石⑤，同日收岳。石先送市⑥，亦不相知。潘後至，石謂潘曰：「安仁，卿亦復爾邪？」潘曰：「可謂『白首同所歸』。」潘《金谷集》詩云⑦：「投分寄石友⑧，白首同所歸。」乃成其讖⑨。

【注釋】❶孫秀：西晉琅邪（治所在今山東臨沂北）人，字俊忠。以諂媚趙王司馬倫得寵，參與謀廢賈后，逼惠帝禪位；司馬倫僭立後，他任侍中、中書令。綠珠：石崇的愛妾，美麗而善於吹笛。趙王司馬倫專權時，孫秀曾指名索取綠珠，後石崇被捕，她墜樓自殺。❷遇之不以禮：潘岳父親為琅邪太守時，孫秀是他手下的役吏，服侍潘岳，潘岳曾多次踢打孫秀，不把他當人看待。❸中書令：官名，掌握機要，權位均重。東晉以後，逐漸成為相當於宰相的職守。❹中心藏之，何日忘之：這是《詩・小雅・隰桑》中的詩句。❺歐陽堅石：西晉渤海（治所在今河北南皮東北）人，名建，字堅石，歷任山陽令、尚書郎、馮翊太守。❻市：街市。古代在鬧市執行死刑。❼《金谷集》：參見P204注❶「《金谷詩序》」注。❽投分（fèn）：志向相合。石友：情誼堅如金石的朋友。❾讖（chèn）：事後將應驗的預言。

【翻譯】

孫秀既忌恨石崇不肯將綠珠給自己，又不滿潘岳往昔對自己沒有禮貌。後來孫秀擔任中書令，潘岳在官署中見到他，就叫他說：「孫令，還記得過去的交往嗎？」孫秀說：「心中牢牢記着，哪天會忘掉呢！」潘岳由此才知道不能免禍了。後來逮捕了石崇、歐陽堅石，同一天也逮捕了潘岳。石崇先被送到刑場，還不知道潘岳的情況。潘岳隨後也押到了，石崇對他說：「安仁，你也這樣嗎？」潘岳講：「可說是『白頭之後一同歸去』。」潘岳的《金谷集》詩中曾經說：「寄語志同道合的朋友，白頭之後一同歸去。」這竟然成了他的讖語。